U0457438

信·心

家信系列

给儿子的
29 封信

马兵 选编

山东画报出版社

图书在版编目（CIP）数据

给儿子的29封信 / 马兵选编. –– 济南：山东画报出版社，2018.10
（"信·心"家信系列）
ISBN 978–7–5474–2949–5

Ⅰ. ①给… Ⅱ. ①马… Ⅲ. ①儿童文学 – 书信集 – 世界 Ⅳ. ①I18

中国版本图书馆CIP数据核字（2018）第234015号

给儿子的29封信
马 兵 选编

责任编辑　刘　丛
装帧设计　王　芳

出 版 人　李文波
主管单位　山东出版传媒股份有限公司
出版发行　山东画报出版社
　　　　　社　　　址　济南市市中区英雄山路189号B座　邮编 250002
　　　　　电　　　话　总编室（0531）82098472
　　　　　　　　　　　市场部（0531）82098479　82098476（传真）
　　　　　网　　　址　http://www.hbcbs.com.cn
　　　　　电子信箱　hbcb@sdpress.com.cn
印　　刷　山东临沂新华印刷物流集团有限责任公司
规　　格　130毫米×210毫米
　　　　　　6.5印张　8幅图　80千字
版　　次　2018年10月第1版
印　　次　2018年10月第1次印刷
书　　号　ISBN 978–7–5474–2949–5
定　　价　25.00元

如有印装质量问题，请与出版社总编室联系更换。
建议图书分类：青少年

写在前面

在各种社交软件大行其道的今天，我们问候亲人的方式变成了朋友圈里比拼手气的一个个红包，家信这种古旧的交流方式似乎显得颇不合时宜。然而，那一封封流传的家信中凝结的智性和情感却依然是隽永的，后人在每一次的重温中，都能触探到滚烫的字眼后面那一颗急切甚至焦灼的热心。

无论何时，"教子"都是家庭生活中的大事。当不便于面谈或两地悬隔时，家信便成了两代人最好的交心方式。放眼古今中外，不少关于教子的脍炙人口的佳篇其实都是家书，如读者熟知的切斯特菲尔德伯爵、梁启超等的教子家书，还有后来的《傅雷家书》、龙应台的《亲爱的安德烈》等，皆是如此。这些文字之所以打动人心而历久不衰，不但是因为其中有着警拔独到的父母一辈的见识，更因为那种笔简而意深的长情。因此，我们从近代以来的名人书信中遴选出29封书信，以时间为序，汇成一编，以飨读者，也抱慰这个亲情被便捷的通信所稀释的时代。

爱子，教之以义方。这些书信或谈人生爱情，或论事业艺术，皆设身处地，大道而行，言辞恳切，婉转关情。而其更要者在于，书信的作者并不因为自己所谓过来人的"经验之谈"就天然有凌驾于子辈之上的那种惯有的气势，而是平等地和孩子交流，是真正耐心倾听孩子心声之后的回馈，是真正观察孩子举止之后的提醒，是关切的放手和隐身的瞩望，是鲁迅所谓"自己背着因袭的重担，肩住了黑暗的闸门，放他们到宽阔光明的地方去；此后幸福的度日，合理的做人"的慈悲。书信中有一些谈人生常理的，如切斯特菲尔德伯爵教诲儿子与人的相处之道、施文谈上大学必要的心理准备、傅雷谈如何对待爱情等，自然会给今天的青少年必要的教益；而那些多谈生活琐事的信件，其实亦是把人生的智慧融会到伦常日用中，看似随意铺叙，用心则深曲，如悉心体会，给予青年人的滋养也是无穷的——在今日，家书依旧可抵万金！

　　一封家信，有限的文字，却有着无限的爱护。为人父母，从你出生就注视着你，小心翼翼地呵护着你，听你的咿咿呀呀，看你蹒跚学步，却从不诉说自己的痛苦，生怕你受任何委屈。当你长大，终于远行，他们藏起心中的不舍，端坐在旧日与你嬉戏的案前，压制着澎湃的情感，尽量简练地写下心中的叮咛，唯愿你能真正地读懂他们，鼓足勇气，穿越幽暗，踏平坎坷，终到宽阔光明的地方。

目 录

爸爸爱喜禾

蔡春猪

吾儿喜禾：

　　这封信本来打算你 18 岁的时候给你写的。你在外地读大学，来信问我对你找女朋友一事的看法。我再次重申，大学四年是人生最美好最宝贵的四年，应该用在有意义的事情上，要以恋爱为重。至于学习，如果还有时间，就去抄抄同学作业。

　　还有一点，你父亲必须提醒你的：不许在宿舍打麻将！麻将洗牌的动静太大，易为校方所发现。

别跟我说把你女朋友的连衣裙垫在桌子上了，没用的，就算把你女朋友垫在桌子上——我就不信你还有心思打。你父亲的态度很明确：弃麻将而择纸牌，是为上策。打纸牌动静小是其一，更主要的，就算被校方发现，一副纸牌没收了你也不至于心疼。另：校方没收纸牌时你不可太老实，建议你抽出两张，让他们也玩不成。

这封信提前了16年。提前16年写的好处是：有16年的时间来修改、更正、增补；坏处是：16年里都得不到回信。

提前16年写这封信，确实有难度——不知道收件人地址怎么写。因为你就住在我家里。虽然没有法律规定收信人跟寄信人的地址不能相同，但是邮递员会认为你父亲脑子有病。

吾儿，我都能想到你收到这封信的反应——你撕开信封，扯出信纸，然后再撕成一条一条的，放进嘴里咽下去。你这么做，我认为原因有三：一、信的内容让你生气了；二、你不识字；三、你是自闭症，撕纸就是你的一个特征。不知道你是哪一种，盼回复。

一年365天，每天都差不多，但是因为有人在那天出生、上大学、结婚、第二次结婚……那一天就区别于另外的364天,有了纪念意义。吾儿,你也一样,在你的生日之外,还有一天,无论对你父亲还是对整个家庭来说,都意义重大,你父亲的人生方向来了一个180度的大转弯——那天,你被诊断为自闭症,你才两岁零六天。

那天凌晨两点,我就和你母亲去医院排队挂号。农历新年刚过,还是冬末,你母亲穿了两件羽绒衣还瑟瑟发抖。

在寒风中站到6点,你母亲继续排队,我开车回家去接你。到家把你弄醒后,带上你的姥姥,我们又匆匆赶回医院。那天你真可爱,一路上咯咯笑个不停,一点儿都不像个有问题的孩子。你姥姥本来就不同意带你去医院检查,半路上就说不去了。但我还是要带你去。

你都两岁了,不会说话,没叫过爸爸妈妈,不跟小朋友玩,也不玩玩具——知道你是想替父亲省下买玩具的钱,但有些玩具是别人送的,你玩玩没关系的;叫你名字你从来都没反应,就像个聋子一样,但你耳朵又不聋;你对你的父母表现得一点儿感情都没有,很伤我们的心。你成天就喜欢进厨房，提壶盖拎杯盖的，看见洗衣机就像看见你的亲爹。你这个样子我怎么能放下心。

到了医院才知道，你母亲差点白排一晚上队了，中间进来几个加塞的眼看把你母亲挤掉。你母亲急了，撂下一句狠话：如果我今天看不成病，你们谁也别想看成。你母亲字正腔圆的东北话发挥了威力。有个老头脱下假发向你母亲致意。还有一个人则唱起了赞歌：这个女人不寻常。

吾儿，在大厅候诊的时候我们很后悔，怎么带你到这个地方来了：一个十来岁的女孩一直都很文静却突然大声唱起"老鼠爱大米"；一个七八岁的男孩一直在揪自己的头发——揪不下来就说明不是假发但还要揪；还有一个十来岁的男孩一直在候诊室晃荡，不时笑几声，笑得让人发毛……北大六院是个精神病医院，我们不该带来你这个地方的。

好在很快轮到我们了。你像是有所感觉，开始哭起来，死活不肯进诊室。吾儿，医生其实没那么可怕，医生也抠鼻屎，刚才我闲逛时看到的。而且跟我们一样，医生抠鼻屎也是用小拇指而不是用镊子。可能的区别在于：医生抠鼻屎前会先用酒精给小拇指消毒。

给你检查的医生是个专家，我们凌晨两点就来排队就是想给你最好最权威的。专家确实是专家，跟我们说的第一句话就很不一样：等一会儿，我接个电话。专家接电话也很有风格，干脆简短：不卖！以后别给我打电话了，烦不烦。

但是我希望专家跟我们说话还是别太简短了，最好婆婆妈妈多问几句，我们凌晨两点排队不能几句话就给打发了。

专家问了你很多，但我们都代劳了。你太不喜欢说话了，以听得懂为标准：迄今为止你还没说过一句话。你不能跟小狗比，小狗见到我会摇尾巴，你有尾巴可摇吗？所以你要说话，见到父亲上班回来，你要扑上前去说：爸爸你怎么提前回来了，有个叔叔在妈妈房间还没走。

专家还拿了一张表，让我们在上面打钩打叉，表上列了很多问题，例如是不是不跟人对视、对呼唤没有反应、不玩玩具……符合上述特征就打钩。吾儿，每打一个钩都是在你父母心上扎一刀。你也太优秀了吧，怎么能得这么多钩！

专家说，你是高功能低智能自闭症——吾儿，你终于得到了一把叉，还是一把大叉，叉在你名字上——你的人生被否决了，你父母的人生也被否决了。

专家说完，你母亲说了三个字："就是说……"就是说什么啊，就是说可以高高兴兴去吃早餐了？就是说将来不用为重点小学发愁了？就是说希望在人间？还是就是说：医生，吓人是不符合医德的哦。

吾儿，你母亲当时只说出了"就是说"三个字，之后就开始哭了。专家拿出了她的人道主义精神，她说：也不是完全没有希望。

人道主义是催泪弹。你母亲泪如泉涌——哇，也太多了吧，我看她以后三年都没泪可流了。

我问专家：自闭症是什么原因造成的？专家说了很多很多，什么神经元什么脑细胞……我不想知道这些医学术语。我对专家说：您就简单说吧。专家去繁就简，一言二字：未知。那怎么医治呢？专家曰：无方！不知道病因，又没有方法治疗，这什么医院！你的父亲当时英文都逼了出来：FUCK ME！

正如专家所说，也不是完全没希望。有几家康复机构可以选择。专家开始化身指路神仙了，机构分别叫什么、在哪、怎么去。你知道的还不少啊，专家。

入机构就能康复吗？你父亲又问专家。专家说：目前世界上还没有一个完全康复的案例。

吾儿，你知道绝望有几种写法吗？你知道绝望有多少笔画吗？吾儿，你还不识字，将来你识字了，我希望你不需要知道这两个字几种写法、多少笔画，你的人生永远不需要用这两个字来表述。

专家说你这是先天的，病因未知。就是说，你姥姥姥爷把你带大，免责；你父亲母亲把你生出来，免责！我们都没有错，有错的是你？！

是你父亲母亲的错，吾儿，父亲母亲把你生下来，让你遭受这种不幸。

吾儿，知道那天你父亲是怎么从医院回的家吗？——对，开车。你说对了。

你父亲失态了，一边开车一边哭，三十多年树立的形象，不容易啊，那一天全给毁了。你父亲一边开车一边重复这几句话：老天爷你为什么这么对我？我做错什么了？

你的姥姥双唇紧闭，一言不发，把你抱得紧紧的，就像在防着我把你扔出窗外。

你的母亲没哭，她没哭不是因为比你父亲坚强——车内空间太小，只能容一个人哭。你父亲哭声刚停，你母亲就续上了，续得那么流畅自然。这就是江湖上失传已久的无缝续哭？

吾儿，到家后你父亲没有上楼，你母亲你姥姥抱你上楼，你父亲还有几个电话要打。第一个电话打给你哈尔滨的姥爷。你出生后不久，你不负责任的父母把你扔在哈尔滨，自己在北京享乐。这两年都是姥姥姥爷带的你。你父亲要打电话跟你姥爷解释：你现在这样不是他们带的不好，你在他们手上得到了最精心的照顾呵护，我要深深感谢他们。

第二个电话打给你湖南的爷爷奶奶。这事跟他们不太好说。后来发现不用怎么说，只要说个开头就可以了：你孙子将来可能是个傻子……电话那头就开始哭了。OK！电话别挂，放一边，吃完晚饭回来，再拿起电话，还在哭。电话还是别挂，放一边，吃夜宵去。

后面几个电话是打给你的大伯二伯，还有你的姑姑。他们的表现……？你姑姑这个娘们跟她妈妈一样，两个伯父表现不错，至少没哭。

父亲的朋友圈里，你父亲第一个电话打给了

你胡叔叔，他是你父亲的死党。胡叔叔还没生小孩呢，吓吓他，吓他以后不敢生小孩，收你为义子，他的房子、车子将来就都是你的了。

你父亲还想打电话，却发现没人可打，电话里存了200多个号码，跟谁说，怎么说——嘿，兄弟，我儿子是自闭症……嘿，姐们，你听说过自闭症吗？

那天你父亲哭得就像个娘们，花园的草看到了，你父亲可以拔掉；树也看到了，你父亲没办法，他们受《植树法》保护。杀人的心都有，却奈何不了一棵树。力拔山兮气盖世，时不利兮树不逝。

吾儿，一个人不吃饭光喝水七天不会死你知道吗？这点应该不需要你父亲验证，所以第二天你父亲就进食了。

吾儿，自打从医院回来，你父亲发现家里面可以坐的地方多了。台阶上，坐；门槛上，坐；玩具车上……到哪都是屁股一坐。

吾儿，你父亲做错过很多事，但最正确的就是跟你母亲结婚，你父亲未必伟大光荣正确，但你母亲确实勤劳善良勇敢。你母亲为了照顾你，果断地把工作辞了。

吾儿，你父亲只是三日沉沦，沉沦三日，他马上振作了。振作的标志就是：肆无忌惮地开玩笑了。

吾儿，你父亲每天在微博上拿你开玩笑，不是讨厌你，是太爱你了。你举手投足都是可爱，你父亲胡言乱语也都是爱。希望你明白。

吾儿，你收到这封信后，我知道你会把他吃掉。你爱吃饼干，但我找遍了全世界，也没找到饼干做的纸，Sorry。所以你就别在意口感了，至少比烟头、泥土好吃吧，你又不是没吃过。

信里面絮絮叨叨说了很多医院的事，那些事情忘不了，索性写出来，你吃掉，以后也就没有了。

那些都是你的过去，不是你的现在，更不是你的将来。现在你一天比一天进步，我看在眼里乐在心里。你势头很猛啊，小朋友，不得了啊，照此发展，你80岁的时候就可以说：其实我也是个普通人嘛。有的人80岁还未必能达到，一个曾经的高官现在的阶下囚说：我就想做一个普通人。呸！不经过努力没有奋斗能成为普通人吗？

你父母也是普通人，一生下来就是，到死还

是，一点儿变化都没有，无趣。所以虽然你最后还是沦为普通人，但你的一生比你父母有趣多了。不许骄傲。

我对你有曾经很多期待和愿望，这些期待和愿望有的冠冕堂皇上得台面，比如你成为诺贝尔文学奖获得者，比如你当上省委书记，比如成为考古工作者，比如成为哪位部长的换帖兄弟承包点工程……这些其实都是浮云，算不得什么，父母对你最大的期待和愿望：你是一个快乐的人。这个愿望说大就大说小则小，但希望你能帮父母亲完成，我们也会尽力协助，但主要还是靠你自己。

你父亲年轻时，情书写得才华横溢，以为会收获爱，结果只得到两个巴掌，颇意外。你父亲后来总结出的经验可以作为家训，世代流传下去：写给A的情书，务必装到A收的信封里，而不能是B收的那个信封。子孙后代切记！

但父亲这次给你写信，真情实感，句句发自肺腑，尤其没有装错信封。希望能得到你的爱。

还有，回信的时候，虽然收信地址还是我们家，收信人就是我，但我还是希望你跑一趟邮局。邮局有个女孩长得不错，追到手我给你腾房。OK？

蔡春猪（1973—　），本名蔡朝晖，作家、编剧。曾做过时尚杂志编辑、主持人。

蔡春猪的儿子喜禾两岁时被诊断为自闭症，蔡春猪开始记录陪伴儿子成长的日常，2011年5月，他在自己的博客中发表了这封信。后出版了图书《爸爸爱喜禾》。

你也是一种灵感

陆星儿

妈妈在蚌埠给你写信，让外婆念给你听，你能听懂吗？妈妈又出来参加笔会了，走的时候，你正患口腔溃疡，常常叫嚷牙疼，不肯好好吃饭。但我不能不离开你了。火车晚上九点四十分开，我从七点半就开始哄你睡觉，你好像感觉到我要走了，紧紧地搂着我。要我讲故事，讲兔兔……直到八点四十分，为我送行的小舅舅催促了，我贴着你的面颊，又轻轻地拍了五分钟，你才闭上眼，我就急匆匆地下楼，急匆匆地奔出弄堂。

"你要抱厦厦再去一次医院。"我叮嘱小舅舅。

"你放心地走吧！"小舅舅说。

真的，我不放心；真的，我不想走，半夜醒来，你会哭着叫着找妈妈……

小舅舅拎着旅行袋走前面，一直默默的，他怕打扰了我在离你远走时的那种惆怅不安之绪。

厦厦，你也做梦吧？我问过你。你不会回答，你还不晓得梦是什么，但我常常看到你在睡熟时，一会儿甜甜地笑了，一会儿伤心地哭了，一会儿又惊吓地叫起来。我猜，你在做梦。你梦到过妈妈吗？

我在离开你外出时，经常梦到你。梦到的你，和真实的你，总是不一样，你见到我，像见陌生人一样冷漠、疏远。梦醒了，我再也睡不着了。我真怕会成为事实，因为，我没有用全身心，来抚育还很幼小的你，甚至从怀你的时候开始……

我早想好了，等你再长大一点儿，等你能和妈妈交谈的时候，我要告诉你，我心里曾有过的许多内疚。怀你的时候，我正在上海修改中篇小说《呵，青岛》。那是冬天，你六个月了。在外婆那间透风的小屋里，我裹着一条毛毯，在写字台前，从早写到晚，中饭、晚饭，是爸爸骑着自行车从奶奶家捎回一些。外婆从北京来信责怪我："一直坐着写，不活动活动，对胎儿发育不利。"但编辑部等着我发稿，只有委屈你了。也有朋友安慰我："怀孕期间，母亲动动脑子，将来，孩子会聪明的。"我当然愿意听这种安慰。我不能够有了你，丢掉我同样离不开的纸和笔。在你即将诞生的前一个月，我仍在膝盖上垫着被子写作。那时，面临大学毕业，我要写毕业剧目，写大学生活总结，有空，还想写小说，短篇小说《写给未诞生的孩子》，就是写在临产前。小说里的那些话，好像就是为求得你的原谅，也为求得自己内心的一点平衡。

"没有你这样的！"外婆埋怨我对你不负责任。外婆最疼你了。

我说不出为什么要这样。我只是觉得，你需要一个，不仅仅会做母亲，她还应该会做别的有用的事的妈妈。

你生出来了，生得那么艰难。我躺在手术台上，要求护士把你抱到我面前，当我一看到那瘦瘦的、像成人一样白得几乎没有血色的小脸时，两行眼泪涌了出来。你"哇哇"地哭着被抱进婴儿室。三天后，第一次去给你喂奶，看到所有的婴儿都比你红润，我真想把自己身上所有的养分挤给你，以补偿我在孕育你时所没有给你的。还好，满月后，你长到了十斤，小脸圆了，小胳膊圆了，小腿肚也圆了。

"你不觉得生孩子和写作是矛盾的吗？"有个阿姨问我。

有时，我也觉得你很累赘，像条拖在身后隔不断的小尾巴，甩也甩不掉。你出生后的第四个月，《收获》编辑部邀请我去峨眉山参加笔会。我想送你到上海外婆那儿，然后去踏一踏难上的蜀道。没料到，你一到上海，就患病毒性腹泻，严重脱水，住进了医院。正是中秋节，我整日整夜守在你的病床边，眼看着闪亮的针头，左扎右扎地戳不进你那比发丝还细的静脉血管，你挣扎着、哭叫着，我的心疼得破碎了。

"孩子太小，才三个多月，你们就这么折腾他！"

"要是有个意外！……"

外婆抱着你哭。

我真后悔要去参加什么笔会，我恨自己太自私，只顾写什么小说。我甚至想到，一旦失去你，我会把自己所有发表和没发表的作品，撕得粉碎，还要把铅笔、钢笔一根根地折断！

厦厦，你也做梦吧？我问过你。你不会回答，你还不晓得梦是什么，但我常常看到你在睡熟时，一会儿甜甜地笑了，一会儿伤心地哭了，一会儿又惊吓地叫起来。我猜，你在做梦。

你稚嫩的心，似乎感应到我的痛楚。你原谅了我。在同病房十几个孩子中，你虽然最小，病最重，却好得最快。

抱你出院时，我在你耳边轻轻地说："以后，妈妈一心一意地带好你。"

可是，等你长得虎虎实实了，我却忍不住地又去了神农架、去敦煌参加了笔会，我又忍不住地写起了短篇、中篇……

带着你，又要写作，的确很苦，常常累得没有脱衣服的力气，躺倒就睡。但是，看到你一天天地长大，看到一页页的稿纸在增加，我心里是自豪的，是充实的，是愉快的。我把自己应该做的一切做了，似乎也都能做，也就渐渐地自信了。人的潜力是很大的，当他获得某种动力的时候，能做出一般情况下做不到的事，还会有奇迹出现。

你是一种动力，自从有了你，当我强烈地意识到，我的存在，还将肩负起抚育你的责任时，我首先想到，我应该尽量地完美。你是我的一部分，我的一切，多少会渗透进你的血液和灵魂，渗透进你的气质与品格。

你也是一种灵感。你使我体验了在没有你之

前无法体验的一种人生的滋味。你也使我产生了更多的爱，更细腻的感触，更多的与别人的相通与理解。随之而来的，便是火花、冲动。

有人觉得奇怪，"为什么有了孩子，不影响写作？"他们问我。

我只好回答他们，因为我爱你。

这是不是一句废话？

但我确确实实地爱你，厦厦。

1984年3月11日

陆星儿（1949—2004），当代著名女作家，著有长篇小说《留给世纪的吻》《我儿我女》等。

这封信是出差在外的作家写给幼子的，她在信中回顾了自己怀着宝宝时依旧不舍昼夜赶稿的辛苦，因为她总觉得孩子不但需要一位慈爱的母亲，更需要一位会做"有用的事"的母亲。一面是舐犊情深，一面是紧张的工作，不能两全的母亲在每一次要告别儿子的时候，都用家信表达自己对孩子的担忧。

兴趣与志趣

钱文忠

多多：

今天一早，八时半未到，爸爸就赶到武宁路邮局，拿到了第一号号牌。交完税，办好手续，领取了你从日本订购的铠甲。想到你一放学就可以看到，我们父子俩可以一起将铠甲装挂起来，共同欣赏，爸爸就非常高兴。昨夜，爸爸工作到很晚；而且连续几天都是如此。本来感觉极其疲劳，而此刻却顿觉轻松。做父母的，尤其是今天的中国父母，喜怒哀乐大概都是跟着自己的孩子走的。只要孩子开心，父母就开心，而且会加倍地开心。爸爸又怎能例外呢？

多多，17年来，你带给爸爸的快乐实在太多了。都说，有了孩子，生命才完整丰满。你为爸爸证明了这一点。

然而，今天的这场快乐格外不同。因为，这次你买下的绝不仅仅是一副名贵的铠甲；从你和爸爸的交谈中，爸爸清楚地感受到，你对与这套铠甲密切相关的日本古代史、战争史、工艺史、大名制度，都积累起了相当可观的知识，在很多方面，远远超过了身为大学历史系老师的爸爸。哪个父亲不会为此欣喜呢？

多多，你可知道这意味着什么吗？爸爸为什么说今天的快乐"格外不同"吗？因为，这次你订购铠甲，说明你在没有直接指导的情况下，通过独立的摸索，特别是大量的课外阅读，与网上同好的互动交流，逐渐积聚起可观的专门甚或堪称冷僻的知识，初步勾勒出了与众不同的个人兴趣。并且，通过你独自决定的订购，勇于将知识交诸实际的考验，跨出了由兴趣到志趣的极其重要的一步。这是真正的成长，当然是爸爸期待的。

再也没有什么能比拥有自己的兴趣、形成自己的志趣更重要的了。

从你小的时候开始，爸爸就只关注你的行为举止、人格养成、性格成型。对普通意义上的"学习"，则给你最大的自由。你和同学们相比，很特别的一点是，从未上过任何补习班、提高班、特色班之类的课外班；爸爸从来不看重，甚至不过问你的考试分数；回想起来，更从未强迫你去学习什么。

但是，这绝不是漠不关心。父母怎么会不关心自己的孩子呢？爸爸一直在关注着你，了解、捉摸、判断你的兴趣所在。这也就是爸爸给你买的书那么多、那么杂的原因。兴趣之门不打开，再强、再多的知识也只能望门兴叹。所以，在爸爸看来，所谓"成绩"大可不必着急。让你在自由中培植兴趣的苗圃，越繁盛越好，越葱郁越好。

也许，有段时间，甚至是很长时间，你的兴趣苗圃会杂草丛生，你也因此环顾迷乱，游移不定，不知所措。可是，又有什么要紧呢？终有一天，苗圃的某个地方，可能是个最不起眼的角落，会生出一朵花、一丛草、一茎竹来，它的姿态、色彩、气息，契合了你天性中的某一点，让你的心猛地悸动。

一个人会对某样东西特别感兴趣，正透露出他在这个方面有天分。

当你兴趣是苗圃中的某一朵花、某一丛草、某一茎竹，它的姿态、色彩、气息，契合了你天性中的某一点，你就会迫向它，心无旁骛地浇灌它、养护它、培育它，无怨无悔地与它相伴，度过每一轮春夏秋冬。你的生命就注定不会是一汪死水，而会流转不息，倒映出每一年、每一季的云起云落、花开花谢，从而绚丽斑斓，灵动自然。

这就行了，这就成了。

所以，一时的成绩、分数的好坏，不仅爸爸毫不在意，也希望你不要纠结于此。重要的是找到并明确自己的兴趣。

假如说兴趣是萌芽，那么，就要努力使它茁壮成长，辛勤呵护，才能逐渐发育成坚强的枝干，这根枝干就是志趣。

随兴生趣，由此立志，成材之路，舍此莫由。然而，从兴趣到志趣，恐怕就不能像前面所说的那样自由自在了。

多多，你还记得你小时候，爸爸带你去北大拜见爸爸的恩师季羡林老爷爷吗？老爷爷很喜爱你，把你抱在身上，照了一张相。老爷爷爱猫是有名的，朗润园十三公寓家里养了三只，满地跑，很热闹。你还不怎么能说话呢，指着猫说："喵呜。"老爷爷没听清楚，愣了一下，说道："噢，猫，喵呜是猫的反切。"此后的好多年，你一直称季老爷爷为"喵呜太爷爷"。好几次，我向你提起这一幕，用意是想引发你对汉语音韵学的兴趣。不过，看来机缘未到。季老爷爷去世已经5年了，如果老人家还在，那是103岁了，见到你长那么大，对古代历史有浓厚兴趣，一定非常高兴。

我在这里想对你说的，是季老爷爷的一句话："成功＝天才＋勤奋＋机遇。"老人家自谦，常说自己有过人的好机遇。其实，季老爷爷对天才和勤奋的关系，真是看得透彻，说得明白易晓。老爷爷说，一个人会对某样东西特别感兴趣，正透露出他在这个方面有天才；既然如此，他起码在这个方面是聪明的。但是，这绝对不足以让他成功，他还必须勤奋。季老爷爷说，最好的情况是聪明的人下笨功夫，一定有大成就；笨人下笨功夫，也能有所成就。等而下之，聪明人下聪明功夫，就谈不上会有什么成就；笨人下聪明功夫，那就几近滑稽了。

好好思考一下季老爷爷这些话，一定会受益终身。

前不久，爸爸陪同赵启正爷爷到格致中学演讲。赵爷爷曾经是国家发言人，你也经常可以从电视上领略赵爷爷"向世界说明中国"的智慧与风采。赵爷爷是物理学世家出身，自己曾经从事过多年的物理学研究。不知道你那天听讲时，是否注意到，赵爷爷用了一个与季老爷爷有所不同的公式，来说明勤奋的重要性："成功 ＝ 天才 × 勤奋"！纵然有100分的天才，如果勤奋是0分，其结果就是0。当然，如果毫无天才，那也不可能成功。赵爷爷的这个公式，意味深远，核心是更强调勤奋的重要性。你也好好咀嚼捉摸下。

"可持续的勤奋"，一定是快乐的。

多多，也许你会问爸爸："你确定一直希望我勤奋、用功；既然勤奋如此重要，为什么你直到现在，才正式地向我强调呢？"

好问题，爸爸之所以在今天才向你以最郑重

的方式强调勤奋，乃是因为，太多的人将勤奋简单地理解成、解释成"下苦功夫"。就这一个"苦"字，让多少人望勤奋而却步！爸爸也曾经百思不得其解：勤奋怎么就是苦的呢？爸爸思考的结果是，也许正是在没有找到属于自己的兴趣之前，一味地以强迫的姿态要求勤奋，勤奋才必然是苦的。但是，在找到了自己的兴趣以后，勤奋还是苦的吗？你如此勤奋地钻研铠甲，苦吗？你如此勤奋地阅读在别人眼里枯燥无味、冷僻古怪的古代历史，苦吗？你当然冷暖自知。爸爸猜想，你的乐趣大概还不想为外人道吧！这就是宝贵的自得其乐！

真正的勤奋，或者用时髦的话说，"可持续的勤奋"，一定是快乐的。只有乐在其中的人，才能是真正勤奋的，反之亦然。

爸爸无比欣喜地看到，你显露出了、明确了自己的兴趣所在，并且乐意将其发展成志趣；那么，爸爸就以此为机缘，郑重提醒你，郑重建议你，要将无意识的勤奋培养成有意识的习惯或生活方式。

人的一生，拥有自己的兴趣，并且以此立志而成志趣，孜孜以求，乐在其中，怎么会不快乐、不幸福呢？而这，正是爸爸唯一期待于17岁的你的。

可能你留心到了，爸爸一直没有提及季老爷爷公式里的"机遇"。原因是，机遇，可遇而不可求也。爸爸悄悄地告诉你，这和天才、勤奋并没有必然的联系，爸爸同样郑重地建议你，不必期盼无法由自己决定的东西。有，欣然；无，坦然。

爸爸的责任之一，也可以说是最重要的责任，正是通过爸爸的努力，为心爱的儿子创造一个条件：尽量减轻不可知的"机遇"对你未来人生的影响。

爸爸非常愿意承担这份责任。在今天，爸爸更是满怀欣喜地乐意承担这份责任。当然，这不容易，爸爸还需要在各方面更加努力。等到你也做了父亲，你就会明白这份"不容易"了。

在今天的中国，凭借着自己的天分和勤奋，循着由兴趣到志趣的道路，再加上长辈辛勤努力为你留下的一些基础条件，多多，你还是有很大的可能过上一个圆满的人生。而这，就意味着快乐、健康、平静。想到这一点，爸爸就很快慰。

从你很小的时候开始，爸爸就一再说：希望你要生理健康、心理健康；希望你重文化更重文明，重教育更重教养，重学历更重学力。而这些，爸爸确信，已经不必为你担心了。

谢谢你，多多，正是你给了爸爸这一份信心。其实，这已经足够了。

父亲

2014.5.28于履冰室灯下

钱文忠（1966—　　），1984年考入北京大学东方语言文学系梵文巴利文专业，师从季羡林先生。20世纪80年代中期，留学德国汉堡大学。现任复旦大学历史系教授。作品有《瓦釜集》《末那皈依》《天竺与佛陀》《国故新知》《人文桃花源》等。

这是儿子多多17岁时，钱文忠写给他的信。在信中，钱文忠从儿子订购的一套武士铠甲谈起，循循善诱地告诉儿子该如何完成个人由兴趣到志趣的跃升。这封信最大的启示在于，我们在小时不必太在意一时分数的得失，而是要培养兴趣的初心，此后在漫长的成长中更要用"可持续的勤奋"将兴趣变为伟大的人生志业。孔子有云："知之者不如好之者，好之者不如乐之者。"说的也正是这个道理。

臧克家写给儿子的信

臧克家

源、英：

信收，每次来信，给我欣慰之感，长我闻知。过节好友十几位，平时难见面，得握手言欢，其乐可想。收到电话百多个，乔女来了长途。

乐源报消息，甚好，所见相同。

植英有文才，这一点源不及你。你写的文章，我的眼睛不好还是全看了，觉得写得不错。（1）文笔不错。（2）查用材料，不空。（3）能写长文，有条理。须注意之点：好恶之情，字行之间透露。写文艺散文，多写又要精，要有个人特点、风格。材料方面要多样、生活要广阔。照你的情况发展下去，可以成家。不写学术论文。

孔子是诗人，从偏处求新，会引起人新鲜感；但大处看，从学术观点，我所不能。看了我的《孔庙·孔府·孔林》，我与匡亚明拥抱之余，他赠我一本大著《孔子研究》，我翻了一下。他说："孔子是教育家、政治家、哲学家。"我有点开玩笑地说："孔子还是诗人呵。"念了一首诗，他笑答说："是。"

孔子与诗的关系，他对诗的看法、作用何在？这与他的政治思想（道）是一贯的。直到现在，我只有一点的认识（孔子于以后的儒教的信条，向往那些人？"梦周公……"）总之，他写诗，他与诗的关系，是个学术问题，关联甚大，甚多（道统韩愈谈到孔子）。

孔子写的第一首诗，是咏泰山的，我看到一本历代名人咏泰山之作，第一首就是孔子的。

你作散文写孔子是诗人，查了很多材料，有情味，我欣赏。

在病床上写了这么多，大不易也。

爸爸

2000年2月7日

臧克家（1905—2004），山东诸城人，毕业于山东大学，著名诗人，忠诚的爱国主义者，代表诗作有《老马》《烙印》《有的人》等。

这是臧克家先生95岁高龄时给大儿子臧乐源和儿媳乔植英的信，依然可以看出老先生敏捷善感的诗人气质。

艾宏松写给儿子阿乙的信

艾宏松

国柱：

你好！

身份证已办妥，随同户口复印件寄给你。

对你写作大有进步家里人都非常高兴。有几句老话，我还是重新唠叨一下：

1. 工作、学习、写作的作息时间应有规律，如果作息时间不固定，又睡眠不足，疲劳过度，神经衰弱，那你以后什么书都读不下去，什么文章也难写得出来。

2. 要坚持锻炼身体（跑跑步也可以，多走路也可以，登楼梯也可以），每天半小时左右，天天如此，你才能保持身体健康，精力旺盛。

3. 坚持吃牛奶，增加营养，脑力劳动才不疲劳。吃牛奶，不能光喝牛奶，要伴食其他主食，否则易便秘，易发痔疮。

4. 你写评论前途一片光明。但要成为权威人士我认为那非得有过人的专长。你不但要涉猎群书，而且要精读与你专长有关的经典著作。毛泽东请教徐特立怎么读书，徐特立说，不动笔不读书。所以毛泽东后来读他喜欢的书，都有圈圈点点，并做了批语，有的书重读几次，几次都是如此。据我所知，你目前读书还是囫囵吞枣式的，精读几本经典著作，你还未开始。博览群书只是基础，精读经典才能建造大厦，才能成为权威——当然这是我的看法，仅供你参考。我不希望你如郭沫若会倒背《红楼梦》，但我希望你能从经典著作中找到它成功的地方，并化为己有。

5. 你如想成为文学家，如写小说等，你平时还得留心凡人琐事。这凡人琐事就可能是你以后创作的源泉。我认为你现在写的小说还不如你在小学时写得那么细腻，只有粗线条，没有或少有细腻的描写，不能引人入胜。我看这跟你没有精读书，没有从生活吸取养分有关——当然我的这一看法不一定对。

6. 婚姻问题也应早些考虑。我认为找女友，主要看她的素质及合得来合不来，不能看她的家庭出身。官家小姐、富家小姐也可能是大家闺秀，平民百姓女子也可能是小家碧玉，只要合意就可。对比你强的女孩，你也不要自卑，你以后肯定比她强。

7. 工作现在应该稳定下来，总是跳来跳去，既影响学习，也影响写作，更影响身心健康。要学会适应环境，学会跟各种人打交道。吃得苦中苦，才为人上人，当软时就软点。稳定下来后就聚（积）点钱吧。没钱，成家买房子是空话。当然，你如果买房子，家里会想办法给你凑点。

好吧，不啰唆了。

祝进步！

父 艾宏松 草

2004年12月2日

艾宏松（1945—2016），江西瑞昌人，作家阿乙的父亲。

阿乙曾在一篇散文中回忆，父亲的严厉把他"变成一个自卑而勤奋的人"。日常中，父子交流并不多。在这封平淡的家书中，父亲的一些话不过老生常谈，却简穆深醇。

俞天白写给儿子俞可的信

俞天白

俞可：

我看你进海关，等到了飞机起飞，估计你不会有什么问题，决定离开机场的时候，才突然发现还有许多许多话没有关照你（妈妈也这样，她一直怪我，在你离京前夕，我们为什么不给她打个电话，说她有许多话忘了嘱咐你）。估计，你已经到达美因兹了，就迫不及待地在北京打电话到家里问你妈妈。也巧，妈妈接到你的电话还不到一分钟。我们的心放下了一半，电话毕竟太简单，还有许多悬念需要你来回答：入学考试考得怎样？注册了没有？和你同住的同学好不好？一路上行李是否安全？生活习惯否？找工作容易不容易？等等。估计，你5号考完就可以给我们写信；12号，信就可以到上海。7号，我从北京回上海，就开始等你的信。但，就是不见你的信，我们寝食不安！直到昨晚接到你第二通电话。但是，只宁静了一会儿，便发现还有许多话，在通话时没有想到说。

我们想说的，主要是如何和同伴相处。这是你从小存在的问题。接到你第一通电话那天，小陈来看你妈妈，两人谈的主要就是这个话题。她责怪你同宿舍的几个同学没有善待你。你妈妈当然听得出来这是偏护你的话，说，你自幼就不太合群，并回忆起小学、中学时代与同学相处中的种种波折。与人相处是一门学问。人际间需要礼尚往来，但相互尊重、相互信任的关系，绝不是物物交换所能获得的，关键在于平等、关爱和尊重他人，所以，在西方社会，把"你想别人怎样对待你，那你就先怎样对待别人"作为人际关系的黄金定律。在国内，可能因为你是独生儿子，更因为我的身份和特有的社

有句名言："沉默是金。"与人相处时，能够保持沉默而不拒人于千里之外，就是生活的艺术。

会地位，给了你一份优越感，同学因此反感，因此厌恶你、刁难你，这是根子。如果你没有这种高人一等的优越感，你平时就会平等地和同学交流，因为，不愿离群，生怕被群落遗弃，是人的本能。这种交谈，并非一定是交换看法、讨论问题，而是一种人与人间的融洽的自然流露。就把语言交流——上海人叫作"吹牛皮"，北京人称为"侃大山"——作为一种处事方法和手段吧，这也是一种重要的方法和手段。在"吹"和"侃"中，才让人觉得彼此是平等的，从所"吹"所"侃"的内容、评价、好恶中，了解了你、我、他，辨别出真与假，同时也活跃了生活气氛，融洽了人际的感情。所以，一般说，善于"吹"、善于"侃"的人，人缘都不错。另外，千万要防止一种误解，将赠送礼物的轻重贵贱，作为对人关爱的尺度。关心人，不仅仅表现在临危救助中，更重要的是流露在平时的生活细节上。没有无以数计的生活细节，贴心人的形象是塑造不出来的。而生活细节，发现于一颗平等待人关爱他人之心。在机场入口，我看你的手推车挡住了人家的去路时，你没有说声对不起；人家让你先走，你也忘记了说一声谢谢。这很使我担忧。在这种场合是必须说的，这是一种习惯，一种修养，是文明的表现，自己没有损失什么，获得的却不少。你应该注意培养。如果这门学问给你掌握了，我们就放下了一半心。我们不知道让你借住在小于处，房租是怎么付的，具体是怎么安排的，但肯定一点：这是人家照顾你，你应该谦让为本，多付一些房租，平时生活上也要多考虑人家的习惯。人与人相处，总有一个磨合的过程，这属于适应范畴，也属于关心他人的范畴。当然，世界是复杂的，人在江湖，不善于保护自身和"轻信"也是不可取的。"磨合"也包括观察人、了解人的过程。中国有句古话，"逢人只说三分话，未可全抛一片心"，有一定道理。但，这只能说是初交阶段的防身术，而不是指所有与你交往的人。而且，在说"三分话"时，也需要考虑方式方法。高明的人，是用坦诚的、尊重他人的神态和措辞说出来的，绝不流露对人的不信任和不尊重的举止和神色。这不是虚伪，而是一种修养，一种处世的本领。那种在江湖上混得转的人，都是将这种本领运用得炉火纯青的人。我说话太敞，太露，口无遮拦，而且轻信，脸皮又薄，吃了不少亏。有句名言："沉默是金。"与人相处时，能够保持沉默而不拒人于千里之外，就是生活的艺术，这就是矛盾的统一。总之，处世这门学问太丰富、太复杂了。你到了大千世界，一定要掌握这门学问。或许会碰一些钉子，受些挫折，有些钉子和挫折可能让你头破血流，但能够吸取教训就行。

另外，我们还想说，你在异国他乡，必须认真地了解当地的国情、民情、民俗。你所生长的国度，文化上和他们差异太大了。比如，日耳曼民族的认真、严谨是出了名的，你就应该在一开始就把这种优良作风学到手，为自己树立声誉打基础。哪怕在全部都是中国人的餐馆里打工，你也应该拿这种作风来要求自己。入乡随俗，只要是优秀之"俗"，就应该好好地接纳。

好了，想说的都说了。如果你生活上有问题，随时写信来问妈妈。妈妈天天看电视上世界各地的气象报告。她发现法兰克福已达零下五度，不知你能否适应？如果所带衣服不够抵寒，可在那儿添置一些，不要在这方面节省。

爸爸妈妈

1991.12.17

俞天白（1937—　），浙江义乌人，当代作家，著有"大上海人"系列小说，其中《大上海沉没》被喻为"80年代的子夜"。

俞天白的儿子俞可1991年赴德国留学，2005年在德国获得哲学博士学位后回国，期间14年，父子书信不断，往来约有2000余封，后精选结集为《留德家书》出版。这里所选是与儿子在机场告别后的第一封信。

丁玲写给蒋祖林、李灵源的信

丁　玲

祖林、灵源：

　　灵源、小延想必不只到了上海，而且工作、学习、生活都又纳入常轨了。她们半月多的山西生活，对她们都是够辛苦的。特别是灵源，不只路途的劳顿，即使在我们这里，一天也没有脱离劳动，也没有好好休息，尽量做到了一个做儿女的义务。我是把她当自己闺女看的。

　　前天我仔细读了徐迟写的《哥德巴赫猜想》

一文。自然我从中仍然不懂得这个猜想，也无能力理解1+2，但我从中学得许多东西。陈景润的确是一个超凡的人。他一生受过那么多的艰难险阻，他没有被一切困苦打倒，他始终钻在他追求的真理里边。他沉湎在这无边科学之中。他几乎没有别的乐趣，他终于达到世界数学高峰，他不会骄傲的，也不会停止的。因为，他原来压根也没有追求过个人荣誉和生活上的一切享受。他几十年的生活，实在可以说很苦，但他并不放在心上，不为所动。徐迟的文章也写得非常好，比许多小说好，比他自己的诗也好，他的诗才，在这里也得到发展。他是一个多么有热情的人，也是有感受的人，否则他不会理解这位科学家这样深。这篇报道，我希望你们好好看看。小延在我这里已粗粗读过一遍，自然她还太年幼，不能读懂它。我很后悔，当她在这里时，我没有读这篇文章，后悔没有帮她理解这篇文章中所含许多意义。希望做爸爸妈妈的替我读给她听，讲给她听。她们走后，我们的生活也纳入常轨了。整天很清静，天气一天天转暖，没什么人来。我们准备好好度过这清静的一年，希望能有些成绩。

关于小延的学习，和她一生的前途，我和灵

源谈得很多，不知你们研究后，有什么意见。我只在一条理由上赞成小延学大提琴，就是她个人特别爱好，而又具备这方面的天才。否则，不一定要走这条很窄很窄的路，一生只陷在文工团里当乐队的一员。小延很聪明，也很懂事，她是非常听你们话的，她懂得用功的。你们对她的前途，对她的发展应该有十分信心。你们只需启发她对世界、对人类、对事业具有无限的热爱就行了。要把她作为一个有大能耐的人培养，不要只希望她做一个不受风霜、不经苦痛的娇小女儿。

祖林的工作一定很忙，祝他工作顺利，希望来信把最近的生活告知一二。灵源也很辛苦，望爱护身体。小延好好学习，不要忘了每月给我一封信。一定要学会写日记。写想写的东西，写读书心得，包括对一天所接触到的，看的，如电视、报纸、课文，听的，等等。小延最重要的是要有思想，建立正确的人生观。

以上是一号写的，昨天（三号）下午收到小延及灵源来信，今再续写一点我们的想法。

我们读来信后，一直很不安。两个人交换过意见。我们尽力不抱主观，也从各方面想，现在把想的写在下边，也只做你们的参考。

从每一个人想，一定要有一种专长，但必须有各种知识。比如祖慧，有专长（自然也不够专，但却专了），但她各种修养差（自然在学院时，也浮皮潦草地学了一些外国文学史……），从而现在使她的专长受到限制。也有许多有专长的人出了风头，特别是搞演出的，但这些人是很少的，有天才，有努力，但还要有机遇。灵源也不是没有努力，也不是没有天才。人家只把你当作机器，或机器中的一个环节，你就只能钉在那里。是的，你尽了一个螺丝钉的任务，很好嘛，可是你没有得到发挥，你原可以更有发挥的。小延得有一项专长，这个专长应该由小延自己决定。小延应该首先是全面发展，全面打基础，然后由她自己开辟道路。路是自己走出来的，这样最好。只是，在现在社会，有许多复杂问题。你并不那么自由，想走什么路，就走什么路。因此，父母就得帮助她，替她准备一条比较容易走的路。这是你们原来的打算，也是现在你们仍然不得不考虑的问题。我们呢！也许想得乐观一些。我们总觉得现在就把小延的路决定了，决定在一条离不开文工团的窄路上，未免太早了。这样就是让她继承她母亲的路再走下去。大提琴自然也很好听，也很难，只是走了这条路，就无法走别的路。本领好些，可以在一个比较好的文工团、乐队；本领差些，也可以在一个比较差的乐队。社会主义社会，不会失业的，有个小小的看家本领，总得有一碗饭吃。既可不下乡，也不当服务员，就在一个小小的音乐队中混一辈子，要成为一个有能耐的提琴手，也是不容易的。一个乐队少你一把大提琴是无所谓的。我们觉得小延很聪明，不是不可以走别的路的，而为了瞻前顾后，只走大提琴手这一条路，未免可惜。走这条路大约是可以看到将来的。而将来也不过同于她的母亲和姑姑。这样的生活，既忙碌，而在自己是很少得的。灵源和祖慧都是过来人，可以听听她们的意见……我们以为要从长远看。1984年的中国，还是急需科学人才，而必不继续提琴手。要解放孩子，要让孩子在大风浪中锻炼成长，要激励孩子，要她有雄心大志，要养成她坚韧不拔、刻苦努力。只要她有学问，有见解，有毅力，就无往而不胜。小延如果放置一个时期的大提琴，重点放在数学上，再加以提高语文程度，半年后，就是另一个样子了。我不嫌啰嗦，又这样恳切重复我同灵源的谈话，实在有些为小延着急。也许我们看法不实际，但我们反对过分保守。话就说到这里了。你们自然会从长考虑，有所决策的。

船呢，不管十万吨也好，五万吨也好，负责也好，不负责也好，总之，祖林会大忙的。不要为小事挂心，全力扑在工作上吧。一辈子也造不了多少船，造一条，是一条；不图名，不图利；只要为人民，为党做了工作，还有成就，就是最大的幸福和愉快。

丝棉不急，等一等再说。

小延，你有些什么想法，还是写信给我，写信时，凭你自己乱写好了，不要找顾问，我们定期通信，定期交换感想。这样将有趣多了。

祝你们顺心如意！

妈妈
三月四日

丁玲（1904—1986），原名蒋伟，字冰之，湖南临澧人，著名作家。1936年辗转到达陕北，是第一位奔赴苏区的知名作家。代表作有《莎菲女士的日记》《太阳照在桑干河上》《我在霞村的时候》等。

此信写于1978年，收入本集时略有删节。其时，丁玲终于摆脱极左政治的阴霾。在信中，她像一名普通的奶奶一样，也和儿子、儿媳郑重地讨论孙女小延的未来，对儿媳希望她走大提琴手的路子给出了不同意见。

叶圣陶致叶至善家书

叶圣陶

至善:

中医研究院已去过。九点到达,号早已挂完。探询那位大夫,按其室而入,无其人,亦未知是适逢缺席,还是久已不上班。一封信当然无法投。满看其他病号例须三天一往(改方或买药),觉得三天必跋涉长途一次有些吃不消,只好取消请那位大夫看病之望了。魏同志或将问起,只好以此相答。

你托带的一包破衣服,昨天由一位同志送来

了。满不在，我出去招呼，他见我好像很熟，我倒不好意思请问贵姓了。其人精神饱满，身体壮健，据满猜测，大概是姓秦。不知对否。

昨天一早，满先到丁家，同乘车到八宝山开追悼会。部队中有百多人参加，颇有掉泪者。回来时往龙兄处，则知二嫂又有问题了。肺部有毛病，轻微作痛，经过透视，有一叶肺模糊不清。医断为这不是肺结核，但是还不能断定不是肺癌。医生说如果是，就得动手术。这又是龙兄家的忧虑，也是满的忧虑。

因为三午近时到留守处去了两次，昨天留守处姓陈的同志来了电话。他说他去过"安办"了，"安办"说方在调查研究，将会通知兵团的。这与以前的回答差不多。

前天此间下了小雨，今天也有些小雨。据说郊区的井都干了，每人饮用水有限制，挑水灌溉引用，成为严重的劳动。三午的密云朋友来说，那里的老人说，今春的旱和风是几十年间少见的。你那里风刮去草屋顶，密云则刮去了瓦屋顶。

由于天气不正常，大家都感觉身体不甚舒服。我又像被人家打了一顿似的，满子、至美、三午也说不舒服。

昨天张继元来，告诉我毛主席批的关于干部政策的四句话："职有所事，力有所用，病有所治，老有所安。"头一句是"因人设事"的反面，要为事择人。第二句要人尽其力，不要"有力无使处"。三四两句对老弱病残而言。第四句不用"养"字而用"安"字，是从"老者安之"来的，比"养"字更高一层。真是非常之好。不过要一层层落实贯彻，恐怕也不甚容易。

写到这里，你廿五夜的信准确收到了。

你说九字句是二七式，我把贺的三首再看看，觉得还是四五式。也可以说他老先生本来是随便。论三首的意思，我不能说全懂。大概是组合前人的意思和现成语句以抒情。题为《将进酒》的一首颂扬饮酒。题为《行路难》的一首唯期取得眼前欢娱。另题调名《小梅花》的一首叙别情。"衰兰送客……"两句全抄李贺的诗句。此外从李白诗里来的似乎也有好些。我感兴趣的，如第二首开头，一个人具有搏虎之力，悬河之口，而仆仆道途求功名，坐的车像鸡窠，拉车的马像狗：这样做两极端的对比，就见得其人其事之无聊。

而我没有事，徐徐写信也就是过日子。

你说周的《兰陵王》里的"长亭路"三字，不要更好。我翻出看一遍，觉得对。至于蒋竹山的"断雁叫西风"，你说"断岸"比"断雁"好，我说如果用了"断岸"，那么"叫"的只能是"西风"了，而"西风叫"是不好的。你看如何？

今天至美来，把她的照相机带来了。但是天气阴沉，不宜拍照。至早要下个星期日才能拍，因为唯有星期日两个孩子才能拍在一块儿。假如到那天拍成功，印出来寄到你处，总要在下月十日前后了。满要我说一声，望你不要性急。

再说贺先生。我与你去和贺家之后，我又去过两次。前一次去，贺先生为气管炎住院，没有遇见。上星期再去，贺先生回家了。小便带血的原因已经查明，是前列腺的毛病，正在注射一种药物，以为治疗。他的形貌更难看了，观颊尖，下巴尖，眼凹陷，面色也不正常。但是他还做一些工作，参加校郭沫若的通史。同事的人隔些日子到他家来共同讨论，他说没法出去了。取消人力三轮车，确也有人很受影响。

前天去看叔湘平伯。平伯从前被抄去的书和字画都送还了，乱七八糟，堆得各处都是，整理既不容易，整理好了也没处安放。学部正在设法，希望弄还老君堂的房子，而平伯却并不喜爱老君堂的老房子。

这回的信一共四张，大概有三千字，够你看的了。而我没有事，徐徐写信也就是过日子。

圣　五月廿八日下午七点半写完

叶圣陶（1894—1988），原名叶绍钧，江苏苏州人，现代著名作家、教育家、出版家。曾任教育部副部长、人民教育出版社社长和总编。代表作有《倪焕之》《稻草人》《古代英雄的石像》等。

1969年4月，时任中国少年儿童出版社社长的叶至善到了河南潢川，进入团中央"五七学校"，他的孩子们则分别奔赴密云林场、东北兵团和陕北农村。此时，家里只剩下75岁高龄的老父叶圣陶先生，至善的夫人夏满子、儿媳和年幼的孙女。此后三年多父子两个不断通信，后经家人整理有70多万字。这里收录的一封是1972年5月28日叶圣陶写给叶至善的。信中，父亲告诉儿子家事，让其勿忧；讨论诗词体式，兴味盎然；而最末一句"而我没有事，徐徐写信也就是过日子"，平淡却深挚，令人心动。

耿立写给儿子石岱的信

耿 立

石岱：

到了人生的关口处、选择处，这时既要看清大势，更要听从内心的呼唤。

你知道爸爸，一直想从鲁西南平原的小城走出，最后是在48岁，才丢下中文系主任的职位，以一个素人，把北方归零，独自一人就去了岭南。

记得在这念头之前，我们的一次谈话，那是一个早晨，在去办公室的路上，你突然问起我老托尔斯泰逃向苍天之事。

一百年。历史深处一个叫阿斯塔波沃的火车站，一个老人，在临死前，猛然从床上折起身子，用毋庸置疑的坚定喊道："走，应该逃走！"

是啊，在82岁的那年，那是1910年的10月27日，老托尔斯泰给妻子留下一封信，在雪夜中静悄悄地乘一辆马车，由医生和女儿陪同，秘密地离家出走。82岁的老人在颠簸的途中病倒了，只好弃马车，匿名改乘火车，末了实在无法，就躺在了那个叫阿斯塔波沃火车站的一座小红房子里。

1910年11月7日，托尔斯泰在他离家出走后的第11天，在阿斯塔波沃火车站站长的那座红房子的狭小房间里，与世长辞。

"走，应该逃走！"这句话给历史在场的人留下的是沉重，是神启。让人成为人，让人像个人，逃走吗？逃走岂不是回归？逃走岂不是回家？是的，有时逃走恰恰是回家。

我也走了，从山东到广东，从黄河到珠江，这种诀别，不是少年，也非青年，而是开始在暮气渐长的中年。中年的血开始厌倦了沸腾，少了偏执也少了坚定，但该清除的要清除，那些虚誉，那些无聊的拍马。言不由衷的话语腐蚀的心灵，累了，倦了，唯有一种苍凉而已。

于是走，走出温暖的沼泽，令人舒服到不自觉的沼泽；走出恐惧，在独自面对自己心灵的时候，才可看出自己从孱弱到坚强的运行轨道。

82岁的老人，是过客吗？是，也不是，他的逃向苍天虽只有短短的十几天，但他的矍铄，是壁立的绝顶，他的义无反顾、不要后路的决绝，他只想用最后的气力证明给你、给内心、给独一的自己。

人最重要的是无时无刻不要丢了自我的存在，哪怕只是一天的生命个体，也要有自己喉头的呼喊，过多的从众，压抑了你、限制了你、塑造了你，你的面具成了你的本质，你的皮肤成了血液。

谁能使内心安妥，是宗教还是爱？是艺术还是无边的星空？她在哪里？追寻了多年，依然是在望不到头的遥远处在招摇。

把异乡当成了故乡，故乡也就成了异乡。

是什么幽灵在呼唤我，也许至今我还未能扯清，但是，总觉得自己应听从自己内心的召唤。在内心深处，有个声音执着地呼唤着自己的子民。

究竟是什么？是激情、渴望、皈依自然，还是倦后的宁静？是"异乡"的美还是别一种的蛊惑？

是人生太过污秽，不愿同流合污，还是面对自然环境的污浊（雾霾？）而寻找新的乐土？不再信任那些价值，不再被骗。也许选择的是傻，就如巴黎的高更冒着"傻气"逃到荒蛮的塔希提，一个人不能麻木到不敢面对自己的内心，那是无法原谅的堕落。

尼采说：不会蜕皮的蛇会死。于是曾经沧海的托尔斯泰出发了。

于是，我知道了老托尔斯泰以激烈的出走换取内心的安稳；于是，他也就和故土一拍两散，故乡不缺你一个倒下增加它的腐殖质，穿短衫的终究要和穿长衫的分手。

一拍两散最好，与其相濡以沫，不如相忘于江湖，这是一种失传的绝美和大美，做不可复制的，做不可重复的，你的只属于你，也只能属于你。

从老托尔斯泰的那场暴风雪领悟了，这不是文字的，不是听到的，也不是模仿的，它是你自己的了。

石岱，今天也到了你抉择的时候了；在刚过

去的旧历年通话中，我听到了你压抑的哽咽，你是一个听话的孩子，但我觉得你渐渐被那片土地消磨了棱角，也消磨了豪气。一个男儿，最不该缺的就是骨中的钙、血中的盐。不依附于人，做独立的自己。

我们都喜欢中年以前的李敖，我曾送你《李敖大全集》，意思很明确，是要你做那种大人格，不要被一些所谓的道德绑架。在我们老家，很多人都热衷拜把子，有人在摆酒要我拜把子，我扬长而去。鬣狗总是成群的，且脏，而鹰是独来独往的，那种蓝与辽阔。

最后，以李敖的话作结，过小日子，做大事业。

耿立

2018年3月

耿立（1965—　），原名石耿立，山东鄄城人。曾任菏泽学院中文系主任，现在珠海某高校任教。

出版诗集、散文集和学术著作多种，是国内较有影响的青年散文家。代表作有《遮蔽与记忆》《青苍》《新艺术散文概论》等。

　　这封信是耿立近来写给儿子石岱的，以老托尔斯泰为例，教诲孩子面对选择时要学会决断。

王松奇写给儿子的信

王松奇

石头：

前几天听你妈妈说，你最近进行了一次深刻反省——觉得自己现在最大缺憾之处是读书太少、上网游戏闲逛占用的时间太多——我听到这个消息后，认为你的人生认识又升华到了一个新的阶段了——不管你将来是否会将这种认识付诸真正的读书实践。

儿子，说实在的，你不到16岁就出版了三本书，10岁时的《石头的部落》，13岁时的《潜流有声》，15岁时的《石上清泉》，每当我带着这三本书出差在外地，晚上谢绝了各地方朋友们"出去轻松一下"的邀请躺在宾馆的床上阅读你那些清新有趣的文章时就常常暗自感叹——这是我的作品的作品！我的作品怎会有这般出众的才华！儿子的大脑袋里怎么会流淌出这么多东西！和你比，我只剩下两种可能了——不是懒虫就是笨蛋。的的确确，下面，我将能清晰回忆起的16岁之前老爸阅读过的书目告诉你，你就能看出，按照我的阅读量，我应该产出更多。

从小学二年级开始（1960年）算起，我读的第一部长篇小说是《儿女风尘记》，讲的是中华人民共和国成立前上海童工的故事，之后就开始了读厚书的历史，相继读过的有：《三国演义》《水浒传》《封神演义》《三侠五义》《西游记》《牡丹亭》《东周列国志》《镜花缘》《聊斋志异》《烈火金刚》《林海雪原》《李有才板话》《苦菜花》《迎春花》《青春之歌》《艳阳天》《欧阳海之歌》《钢铁是怎样炼成的》《契诃夫短篇小说选》《克雷洛夫寓言》，莫泊桑、高尔基、鲁迅的一些中篇、短篇小说，《西厢记》《天问》《离骚》《左传》《史记》《汉书》《三国志》《中国通史简编》《绿色的远方》《我们播种爱情》《星火燎原》《人类理解研究》《反杜林论》《哥达纲领批判》《共产党宣言》《路易·波拿巴特政变记》《马克思传》《马克思的青年时代》《毛泽东的青年时代》《毛泽东选集（四卷）》《帝国主义是资本主义的最高阶段》（列宁）、《苏联社会主义经济问题》（斯大林）、《辩证唯物主义与历史唯物主义》《动物学》《原子论》《红楼梦》《中国古代散文选》（上、中）、《中国历代文学作品选》《古代汉语》（王力）、《莎士比亚戏剧集》《论语》《唐诗三百首详析》，还有些书法、占卜、相面方面的杂书。从1960年到1968年，大致9年时间里能回忆起来的就是这些了，杂志有《文学评论》《新建设》等。

1960年之前看到都是小人书，在地摊上不念字一分钱一本，念字两分钱一本，我声称不念字以一分钱一本的价格快速阅读了几乎所有地摊上摆的小人书。

儿子，你在我们的精心呵护中长大，从没上学起你就阅读了大量的读物，当然这部分要感谢你的李德光叔叔，他是爸爸的学生，是个书商，总是整箱整箱地送书给你，使得你从儿时起就能故作高深地满口孔子、孟子、庄子，还动辄柏拉图、亚里士多德。但有一个过程你始终没有经历，即爸爸小时候因家庭贫苦因饥饿每日将读大厚书当成远离现实的一种手段的那种感受。你从小生活在幸福中，从4岁起就在中国各风景胜地跑，跟妈妈到国外旅游，小学五六年级就承担起小升初的压力，14岁就到美国留学，沉重的学习负担和优裕的物质条件使得你只将打最新款电子游戏当成课业之余的精神排遣手段，这和我们那一代人有根本性的不同。爸爸少年时要经常和饥饿做斗争，因家庭出身小资要抵御同学、老师的家庭成分歧视，怀抱着靠读书改变个人命运、家族命运的朦胧憧憬——虽然我并不确切知道读书到底能否改变命运。因为在爸爸生活的那个年代，1966年8月开始了"文化大革命"，学校停课、大学停招，一切的一切都被"彻底砸烂"了。1968年11月7日，我下乡到创业公社两家子村当知青，以为一辈子就当农民了，你发表在《银行家》2012年11月号上的出色短文"现实与梦想与烟囱……"中讲的那个烟囱的故事就是我下乡时最高理想的真实写照。而且，爸爸当年躺在冬天里两家子村前面那个荒凉的南甸子上，看着库里山里耸立的两个大烟囱吞云吐雾时想到的还不是希望当工人有一份稳定的收入，我想到的只是当工人能发工作服，每天只干八小时，每周有个能休息一下的星期天——仅此而已。

在下乡的两年时间里，曾经有村小学的丁校长找我让我当民办教师的机会，但我拒绝了，我觉得既然要一辈子当农民，我就应当成为农民中的农活儿高手，就要跟大帮跟趟子成为农民快手，这样在农村生活就可以不受欺负。后来我的目标基本都实现了：冬天里用大镐刨粪，春天里刨高粱茬，夏天铲地，秋天割地，特别是割高粱，我都成了队里的生产能手。记得2008年夏天我第一次回到当年下乡的两家子村时，首先找到了当年的小伙伴长文家，他见面握手时竟然已经不认识我，当我说出名字时，他冒出的居然是——"王松奇啊，下象棋，割高粱！"他说的"下象棋，割高粱"六个字足见老爸当年的智力和体力水平在当地农民心目中的分量。由于干活卖力加之身体素质的先天优势，我到农村后肌肉长得很快，力量大得出奇，生产队的农民都称我为"大汉"，此称呼似乎有与山西大汉关

读书不能有功利动机，你只要把它当成一种生活方式，在生命的转折点它就会突显出惊人的推动力量，或助你走出泥潭或帮你升华飞腾。

羽比肩的意味。其实，在农村的两年，即使在刚下乡一年多时还点煤油灯的日子里，我也始终在读书，前列书目中的《红楼梦》就是1968年12月读完的。当时生产队的农民中有个李哑巴，听说他家有一套《红楼梦》，我借了来，每天晚上在惨淡如豆的煤油灯下在睡同一土炕上五个男同学的抗议声中，我用十多天时间读完了《红楼梦》，我还记得，那些夜晚读过后，每天早上洗脸时，鼻孔里全是黑色的煤油烟子。1970年12月我从乡下被招工回县城做了木匠学徒，那时，我最惬意的就是又可以每天晚上在电灯下看书了。1972年12月，我参军入伍到海军北海舰队旅顺基地成为一名潜水员，那时候一个船舱住四个战士，我最高兴的是每个床上都有个床头灯，每天晚上上床后都可以在床头灯下看书然后看困了睡觉。当年前郭县共有十人一起入伍，都是潜水员，只我一个人分到了海救402船，每当星期天，几个老乡来船上找我玩时见我在看书，他们就说："别看了，看这玩意儿有啥用？"最好笑的是我们船上的潜水部门长马友详，一个河北农民出身的干部居然还把我称为"臭知识分子"，其实我只念了七年正规学校，连标准的初中生都算不上。不管别人怎么说，我总是尽一切可能去买书、借书、找时间看书。并且，读书的用途也初步显现。在部队时，尽管我只是个大头兵，但被选为船上文化夜校校长，政治夜校副校长（校长是政委欧大强）、团支部副书记、黑板报负责人等，在入伍当兵的四年时间里，获得了七次部队嘉奖，是本单位1973年兵中第一个加入中国共产党的战士，这在当年都是令人自豪的事。

对了，儿子，说读书的好处，老爸多年读书最大的成果是1978年在几乎没怎么复习的情况下就考上了大学，上大学是老爸命运的根本转折点。

我还记得，1978年我是背着你奶奶报名的，当年老爸在木材公司工作，属县物资局系统，物资局系统总共有四人报名，木材公司和爸爸同时报名参加高考的还有一位正规高中毕业在财务室工作的小伙子叫张军，他是咱家的邻居，每天上下班都路过咱家门口，常常到家一叙。高考结束后，在等成绩通知的那些天里，张军几乎一有机会就进门一叙，他常提的问题是："松奇，你看咱四个人谁考上的可能性大些？"我通常都顺水推舟地说："当然是你了，你是正规的高中毕业生啊！我肯定不行，你知道的，我只是老初一，初二的课程都没学过。"

张军自信的微笑常常伴有自豪的歪嘴表情，他的回答令我印象深刻——"我看也是这样，其他两位虽然也是高中毕业，但学习不如我，你肯定不行，老初一，底子太薄！"我连连称是，心里当然不服。

老爸当年心中不服的理由是，我虽然只念到初一，但自学知识基础已十分雄厚，读了那么多书，从"文化大革命"一直到四年（1966—1977）当兵，每周写一篇东西叫"周记"，写过几百首诗词，寻常的正规高中毕业生怎能同我相比？到高考成绩公布时，张军傻眼了，当年大学本科录取线为300分，我在数学只得了5分的情况下总分306分，他的得分好像不足200分，而且我印象中，当年高考考场一个教室容纳40名考生，环顾左右都认识，那40名考生中只有我收到了录取通知书。

儿子，我翻腾这些陈芝麻烂谷子，没有别的意思，我想说的只是读书的重要性。读书即使没有完全读懂，读懂了即使没完全记牢也不要紧，只要你读过，哪怕是蜻蜓点水，哪怕是囫囵吞枣，但只要读过，它就会潜移默化地发生作用，就会不知不觉地融化在血液里，成为能左右你行动的暗物质，成为你精神产出的潜在作用力。读书不能有功利动机，你只要把它当成一种生活方式，在生命的转折点它就会突显出惊人的推动力量，或助你走出泥潭或帮你升华飞腾。

儿子，你在美国两年，英语已近母语水平，知识结构均衡扎实，中文写作已远非常人能及，特别是你6岁开始坚持每周每月的连续写作，仅这一项坚持下来，就会创造一项世界纪录。如果你再能少玩些电子游戏，将闲暇时间多用来读书特别是读一些名著经典，按照正常发展趋势，你肯定能成为一个了不起的文化巨人。当然，在我和你妈妈的心目中，你始终是个有毅力有明确方向有进取心的好孩子，只要是平安健康快乐，将来干什么都行，成不成为文化巨人都没关系，现在，你只要意识到读书的重要性，能从中找到快乐就好，我们别无他求。

爸爸

王松奇（1952—　　），经济学家，中国社科院研究生院教授，《银行家》杂志主编。

王松奇的儿子王青石受家庭环境的滋养，从小酷爱写作，并出版多部作品。面对孩子的成绩，父亲小小的骄傲之后更多的是勉励。

不知阅读为何的
精神世界是粗鲁的

朱永新

儿子：

今天是你的生日。刚刚与你通电话的时候，我非常开心，因为听到了你很阳光的声音，那是一种久违了的感觉。

前几天一个朋友告诉我，你有一个博客，叫"冢"。我吓了一跳。朋友告诉我，其实没有什么，冢，可能意味着你想把过去的烦恼与苦楚埋葬掉。在这个意义上，冢，也意味着新生。如果是这样的话，我为你高兴。

我经常说，烦恼每个人都有，作为青春期的你，有这样那样的烦恼肯定是不可避免的。关键是学会自我调节。也许，你有一段时间打游戏，甚至狂吃，都是一种调节的方式吧，尽管我看不惯。其实，这可能就是代沟。我们少年时代没有电脑，甚至没有电视，否则我也不知道我会不会迷恋。我经常在想，人类的许多发明，今后可能会毁灭人类。电视、电脑，这些让眼球快速转动的东西，使我们的阅读能力大大退化了——我们已经没有凝视的功能。

今天是你的生日。生日，本来没有什么特别。但是赋予它以人生的思考，就会使自己更加成熟，因为成长不一定意味着成熟。老爸还是写这封信当作送给你的生日礼物吧！

今天想谈谈读书。我想告诉你，其实你可能已经非常清楚，比电脑、电视更加好的东西是书。尽管你比许多你的同龄人拥有更多的读书经历，拥有更多的藏书。但是，我还是想与你分享老爸对于读书的理解。

正如你知道的，老爸最近几年把自己最重要的时间、精力、财力几乎都用在新教育实验上面。你和老妈有时候还嘲笑我对新教育的痴迷，我仍然无怨无悔。因为我知道自己从事的事业的价值。我经常说，新教育即使什么都没有做成功，如果它的"营造书香校园"行动多少点燃了一些人读书的热情，它对于中国的贡献就已经非常了不起了。

在前不久召开的深圳全国读书论坛上，我提出了四个观点：第一，一个人的精神发育史就是他的阅读史；第二，一个民族的精神境界，在很大程度上取决于这个民族的阅读水平；第三，一个没有阅读的学校，永远不可能有真正的教育；第四，一个书香充盈的城市，一定是一个美丽的城市。我的讲话得到了广泛的赞同，许多媒体报道了我的观点。

我一直强调，相对于世界的其他民族，我们的读书人口实在太少了。在日常的生活中，无论是在机场，在公共的场所，还是在每个人的家里，我们有多少人在读书？前几天我出差，在一个比较高档的饭店用早餐，看到一个老外，一边喝牛奶吃早餐，一边翻着一本书。去吃早餐看什么书？我想，他肯定不是为了作秀，而是他的习惯，是他的生活的方式。

我非常敬畏犹太民族，这个民族全世界只有

3000万人，在以色列本土500万人。500万人比苏州小得多，我一直说苏州现在是1000万人，全世界的犹太人加起来只比我们多两倍。但是犹太人创造了多少世界奇迹？近代历史上三个最伟大的思想家：马克思，他的唯物史观，彻底改变了人类对社会的认识、历史的认识；爱因斯坦，他的相对论，彻底改变了人类对物理、对时空的认识；弗洛伊德，他的精神分析学说，彻底地改变了人类对自我的认识。犹太人的财富就更不用说，全世界最有钱的人，毫无疑问是犹太人。美国人讲："全世界的钱在我们美国人的口袋里，我们美国人的口袋在他们犹太人的脑袋里。"每一年的诺贝尔奖获得者，里面往往都不止一个是犹太人。为什么呢？犹太人是把阅读作为宗教的。孩子生下来，就在《圣经》上涂一层蜂蜜，让孩子知道，书是甜的。

我经常认为，学校的教育，我们现在每天的课堂，就是母亲第一年的乳汁，只能保证你有一个最初的滋润，但是不能让你有一个长期的精神发育的成长历程。人们精神的最终成长靠什么？靠阅读。除了阅读，我觉得没有办法让人的精神成长起来。因此，教育首先就意味着阅读，如果没有阅读的教育，只是训练，而不是教育，说得不客气一点，我们绝大部分的学校，只是在训练，而不是在教育。苏霍姆林斯基也不止一次地讲道："一个学校可以什么都没有，但是他只要有了为学生和教师的精神成长而准备的书，那就是学校了。"他还说："一个不读书的社会就是一个牢狱；一个不读书的人，就如同生活在牢狱之中。如果一个年轻人不想求知，那是最可怕的不幸，也是家庭的不幸、学校的不幸和社会公众的不幸。一个人不想求知，它就好比用一道无形的铁栓，把自己跟广阔的天空隔离起来。然而谁知道，后来无形的铁栓也许会变成真正的牢狱。"

苏霍姆林斯基还认为："读书对一个人终身的发展、终身的成长具有非常重要的作用。"他说："学校毕业以后的教育主要是自我教育。"那么，一个人的自我教育靠什么？靠你阅读习惯的养成。你读书习惯养成了，你就会自我教育；你没养成读书习惯，你就不会养成自我教育好习惯。所以他说："当一个人在上学的年代里爱上书籍，学会从书籍里认识周围世界和认识自己的时候，他毕业以后的自我教育才有可能；如果在学校的年代里没有打下自我教育的基础，如果一个人在走出校门以后不再阅读，不知道阅读为何物，或者只是限于看那些侦探小说，那么他的精神世界就是粗鲁的，他就会到那些毫无人性的地方，去寻求刺激性的享受。所以，我们要让阅读成为人的阅读方式。

我一直认为，大学是真正的阅读天堂。你经常抱怨学校里面学不到什么东西，那是你把学习的希望寄托在课堂、在老师那里了。其实，大学只是为你提供了一个读书的空间和时间。我在苏州大学读书的时候，差不多每天去图书馆，差不多每星期读十本书，尽管许多书仅仅是翻翻而已，但是学会了快速阅读，学会了寻找自己需要的图书，更重要的是，学会了思想。现在想起来，那是多么幸福的时代啊！

记得小时候，我经常为没有书读而苦恼。许多书到我手里的时候，已经没有封皮，不知道书名，但是照样读得津津有味。现在的中小学学生已经没有读书的时间了，这是他们的不幸，也是这个民族的不幸。

但是，我自己的经历告诉我，大学应该是读书的最好时光。离开学校以后的阅读，永远不可能有大学阶段那样的潇洒和从容。所以，尽管你的大学生活已经过去了接近三分之二，但是亡羊补牢，未为晚矣。还有一年多的时间，好好读一点书，还来得及。

老爸刚刚读完一本书《如何改变世界》，写了一篇读书笔记《我们，也可以改变世界》，如果有时间，你可以到教育在线的网站去看。最近在读《从优秀到卓越》，非常有启发。也许如作者所说，优秀恰恰是卓越的最大敌人。你已经非常优秀，但是那仅仅是过去，而且，它可能就是你最大的敌人。

对不起，一写就写了这么多。真希望我们是真正的"哥儿们"能够好好聊聊。下次再说吧！

永远爱你的爸爸

2008年11月13日

朱永新（1958—　　），江苏大丰人，教育学家，在这封祝贺儿子生日的信中，朱永新重点与儿子分享了他的阅读观。在朱永新看来，一个人精神发育的历程最终将是由他的阅读视野来决定的，因为只有阅读才能教会人真正的思想。而大学恰恰是阅读的天堂，通过阅读，辅助课堂学习，完成自我教育和修炼，是每个大学生都应有的一种自觉。

你的未来已来

董绍林

亲爱的儿子：

真的很爱你！感谢二十三年来你的一路相伴，给我和妈妈带来的宁静、温馨、祥和以及各种开心，你的小学、初中、高中、大学，每个阶段都给了我们超出预期的惊奇，而且不让我们劳心烦神。特别是四年来对你在异域的各种惦念和牵肠挂肚，也融汇成重要的部分。

你出生的时候，曾经有一个外公熟悉的当地奇人来拜访，一定要取你的生辰八字，主动要为你卦一卦命相，还亲自写了满满的三页纸头送来。尤其是封套红纸上还题了预测"跨洋登峰创伟业"这样的爻辞，我们只当作它是一些祝福的吉言而已。连我们都不知道，十几年后，你真的会有机会、机遇，留学美国，而我们恰好也有能力帮到你。不能不说，那个奇人的眼光，其实远远超过当时我们父母自身的视野和期许。

昨天的生日，过去了，也预示着这个大学毕业后最后的暑假也过去了。走上社会，谋划事业，还有新的生活，这一切都在等待着你。如果以前的日子，按部就班，以拿到各个阶段性的文凭为目标，那么未来的日子，就是奋进进取，以职业、事业规划的各色花环来点亮自己的未来。

迷茫，一时找不到北，无从选择，难以决策，都是正常的。何况四年的海外生活，本身在文化、思维方式、价值观方面与当下的现实会有落差，对社会现象、社会制度、法治公平的认识都会有差异，对人生的未来会有不同看法，这一些都是正常的，我们都尊重、理解。

恐惧，则大可不必，因为我们每个人都有这

样相同的经历。路上每天会有交通事故，但我们每天还要开车上路，唯一要做的是把车开得规范、开得小心。工作中每天也都会碰到大小问题，要做事细致、协调解决问题，能未雨绸缪当然更好。这一切不是靠打坐冥想能解决的，而是走到现实工作、社会环境里面后，不断地积累经验，如同卫星一样，通过不断的调适，逐步进入正常的环绕轨道。

我们不会因为这个世界有恶，就把自己变成更恶的恶人，以便在这个江湖上立足或攫取最大的利益。如能惩治恶人，我们就尽其所能；如无能为力，我们就远离恶人。恶人如同垃圾，能扫则扫，不能扫，远离！远离！

世界上那么多人，中国那么多人，杭州也那么多人。其实今后真正与你搭界的人，不会超过三四百。其中关系密切，经常会联系成为生活圈子的，不会超过三四十人。而真正走进你生命里的，与你血肉相关的，就是那三四个人。只要这几个、几十个人对你善，你报之以善，你的生活圈子就是幸福的、安全的。那些外围的恶人、网络上的丑人，只是饭桌的谈资，与你的生活无关，也万万伤害不到你。就算这几年，电视里常有美国校园枪击案，你自己就处在那个环境下，只要谨慎行事，其实无须担忧。所以，放心前行吧。

真诚、直率、单纯，这些都不是人性的缺点、瑕疵，而是难得的品性。原因是，我们本来就不想依靠很深的城府谋算别人，以求在浑水中摸到鱼。把人做到单纯，把事做到简单，或许是你们这一代最突出的优点。已经衣食无忧，当然要做更真实的自己。

中国社会的确还有一些问题，因为容易解决的这三十年都解决了。反过来说，如果今后能解决其中一部分问题，也能形成新的发展推动力。所以，如能把握国家大势，能把握行业趋势，发挥个人优势，就能有比较广阔的发展前景。

二十多年前，我们这样走入社会，今天这代人也是如此。你们这一代人面临的家庭环境、经济水平、教育背景和发展机遇，与父母辈相比，已经是天翻地覆、天壤之别。

第一份职业，一般来说都不会是终生职业，而只是起步的开始，顺利则增强信心、激发热情，不顺可积累教训、锻炼意志。所以一旦选择，无须考虑太多，先做起来，先学习起来，踏实工作，勤勉前行。贵人也不会跑到家里絮叨，而是在路边注视着路人。只有上了路，不徐不疾、毅然前行的人，贵人才会相助他。

我又想起六月份在美国北加州戴维斯小城参加你毕业典礼后，写的那首《五号公路》：

在加油站加满油／只为更远的前行／沿着繁多的公路／奔往前方的路上／见识更多的风景

阳光让人目眩／海湾吹来阵阵凉意／继续走向大路吧／在地球上哪个不知名的路口／迎你的会有繁花和爱你的人

父子、母子，都是一辈子的缘分，我们唯有祝愿你前路诸事皆顺意，生活都幸福！

董绍林

2017.9.5

董绍林，毕业于浙江大学。这是董绍林在2017年9月5日儿子生日时写给他的信。彼时，儿子刚从美国大学毕业回国，一份全新的生活即将开始。父亲在信中详细谈了如何应对职场生活最初的迷惘和恐惧感，以自信和坦荡去塑造自己成熟人生的意义。

傅雷写给傅敏的信

傅 雷

亲爱的孩子：

很高兴知道你有了一个女友，也高兴你现在就告诉我们，让我们有机会多指导你。对恋爱的经验和文学艺术的研究，朋友中数十年悲欢离合的事迹和平时的观察思考，使我们在儿女的终身大事上能比别的父母更有参加意见的条件，帮助你过这一人生的大关。

首先态度和心情都尽可能地冷静，否则观察不会准确。初期交往容易感情冲动，单凭印象，只看见对方的优点，看不出缺点，便是与同性朋友相交也不免如此，对异性更是常有的事。感情激动时期不仅会耳不聪，目不明，看不清对方；自己也会无意识地只表现好的一方面，把缺点隐藏起来。保持冷静还有一个好处，就是不至于为了谈恋爱而荒废正业，或是影响功课，或是浪费时间，或是损害健康，或是遇到或大或小的波折时扰乱心情。

所谓冷静，不但表面的行动，尤其内心和思想都要做到这点，是很难。人总是人，感情上来，不容易控制，年轻人没恋爱经验更难保持身心的平衡。同时与各人的气质有关。我生平总不能临事沉着，极易激动，这是我的大缺点。幸而事后还能客观分析，周密思考，才不至于使当场的意气继续发展，闹得不可收拾。我告诉你这一点，让你知道如临时不能克制，过后必须由理智来控制大局；该纠正的就纠正，该向人道歉的就道歉，该收蓬时就收蓬。总而言之，以上二点归纳起来只是：感情必须由理智控制。要做到，必须下一番苦功在实际生活中长期锻炼。

我一生从来不曾有过"恋爱至上"的看法。

"真理至上""道德至上""正义至上"，这种种都应当作立身的原则。恋爱不论在如何狂热的高潮阶段也不能侵犯这些原则。朋友也好，爱人也好，一遇到重大关头，与真理、道德、正义等等有关问题，决不能让步。

其次，人是最复杂的动物，观察决不可简单化，而要耐心、细致、深入，经过相当的时间、各种不同的事故和场合。处处要把客观精神和大慈大悲的同情心结合起来。对方的优点，要认清是不是真实可靠的，是不是你自己想象出来的，或者是夸大的。对方的缺点，要分出是不是与本质有关。与本质有关的缺点，不能因为其他次要的优点多而加以忽视。次要的缺点也得辨别是否能改，是否发展下去会影响品性或日常生活。人人都有缺点，谈恋爱的男女双方都是如此。问题不在于找一个全无缺点的对象，而是要找一个双方缺点都能各自认识，各自承认，愿意逐渐改，同时能彼此容忍的伴侣（此点很重要。有些缺点双方都能容忍；有些则不能容忍，日子一久即造成裂痕）。最好双方尽量自然，不要做作，各人都拿出真面目来，优缺点一起让对方看到。必须彼此看到了优点，也看到了缺点，觉得都可以相忍相让，不会影响大局的时候，才谈得上进一步的了解；否则只能做一个普通的朋友。可是要完全看出彼此的优缺点，需要相当时间，也需要各种大大小小的事故来考验；绝对急不来！更不能轻易下结论！（不论是好的结论或坏的结论）唯有极坦白，才能暴露自己；而暴露自己的缺点总是越早越好，越晚越糟！为了求恋爱成功而尽量隐藏自己的缺点的人其实是愚蠢的。当然，在恋爱中不自觉地表现出自己的光明面，不知不觉隐藏自己的缺点，不在此例。因为这是人的本能，而且也证明爱情能促使我们进步，往善与美的方向发展，正是爱情的伟大之处，也是古往今来的诗人歌颂爱情的主要原因……

事情主观上固盼望必成，客观方面仍须有万一不成的思想准备。为了避免失恋等等痛苦，这一点"明智"我觉得一开头就应当充分掌握……

一切不能急，越是事关重要，越要心平气和，态度安详，从长考虑，细细观察，力求客观！感情冲上高峰很容易，无奈任何事物的高峰（或高潮）都只能维持一个短时间，要久而弥笃地维持长久的友谊可很难了……

除了优胜缺点，两人性格脾气是否相投也是重要因素。刚柔、软硬、缓急的差别要能相互适应调剂。还有许多表现在举动、态度、言笑、声音……之间说不出也数不清的小习惯，在男女之间也有很大作用，要弄清这些，就得冷眼旁观，慢慢咂摸……诗人常说爱情是盲目的，但不盲目的爱情毕竟更健全更可靠。人的雅俗和胸襟器量也是要非常注意的……你自幼看惯家里的作风，想必不会忍受量窄心浅的性格。

以上谈的全是笼笼统统的原则问题……

长相身材虽不是主要考虑点，但在一个爱美的人也不能过于忽视。

交友期间，尽量少送礼物、少花钱：一方面表明你的恋爱观念与物质关系极少牵连；另一方面也是考验对方。

傅雷

一九六二年三月八日

傅雷（1908—1966），著名的翻译家、作家、教育家。他翻译了大量的法文作品，包括巴尔扎克、罗曼·罗兰、伏尔泰等名家著作，有《傅雷译文集》出版。傅雷先生为人坦荡，禀性刚毅。"文化大革命"之初，受到巨大迫害，与夫人朱梅馥一起自缢身亡。

　　傅雷有两个儿子傅聪、傅敏，傅聪是享有世界盛誉的钢琴家，傅敏为英语教师。傅雷与两个孩子的通信整理为《傅雷家书》出版后，反响巨大。这些书信从1954年傅聪留学波兰时起，终至傅雷夫妇弃世，贯穿傅聪出国学习、演奏成名到结婚生子的成长经历，也映照着傅雷的工作、交往以及一家的命运起伏。这里收录写给傅敏的一封信，信中分享对恋爱的观念，开诚布公。

李劼人写给儿子李远岑的信

李劼人

远岑、尚莹：

六月十六日接到尔等十二日寄信。二十一日接到邮局通知，二十二日龚宜昭到东门大桥天福街取回所寄干鱼。布包甚好，尚未食用，不知味道如何耳！我的生期，以阳历计，为六月二十日，则已过了四天。以阴历计，为五月十四日，则尚有两天。虽已七十之年，自觉尚未进入老境，仅止由于肺气肿与高血压（系心脏冠状动脉硬化所致，不同于一般之高血压，故一般治高血压之药饵俱无效）之故，不能多走路，不能做体力劳动而已。除此之外，阅与健康之中年人无异也。

成都天时，亦曾热过几天，但不甚烈，菱窠室内温度，只达到华氏八十度到八十一度，当摄氏二十七度左右。一周以来，阵雨时行，尤其今晨三时许一雨，迄今午未止。东山满可栽种红薯矣。

近来蔬菜上市已多，春洋芋更多，而价每斤一角二分，自由市场价，亦自每斤一元五角谈至八角上下。其他蔬菜价准此。

《人民文学》派人来菱窠索稿，说了多少好话，只好将《大波》第三部第二章截取四节，尚可独立成篇，约一万二千字之谱，前天抄好寄去。

日前作家出版社亦来人催《大波》稿，已问清，从今年一月一日起，执行新规定计酬，即专业作家支月薪，亦支稿酬；业余作家只支稿酬。稿酬等级不变，而俱只支付一次，将来无论印多少次，多少册，不再付酬。据说，这样规定，既使作家不再蹈"一本书主义"覆辙，又使脑力体力的报酬，不致差距太大云云。用意甚好。不过不免太"平均主义"了。以我看来，还是有点"共产风"的味道。

我仍在继续写。只是由于天时缘故，容易疲倦。一疲倦，就不能写，强勉写出，多半成为废品。因此，虽未停笔，而效果并不大。

下月，可再为虎儿带点糖果来。此次要软糖，不要硬糖，而切不可买有奶油的东西。因天气太大，牛奶之类东西一变味，便不能吃。其费用，可在抚养费内扣除。

尔甘愿为我的生期买点小东西送我，我觉得未免俗套。我什么都不要，只望尔等能为买寄两瓶咖喱酱（若无酱，则粉也可）。因家中所存，也已用完。其次，土芥末买不到，不妨设法寄二瓶洋芥末（西餐上必用之物。北京外宾多，此物定有。不过一般商店中，恐难买得耳）。

远岑想已返校。下学期工作，如何安排？

寄去大曲酒到否？若已收到，而又有信寄回，那便算了，否则，可写一信来。匆此，即祝

尔等安好！

父 劼人

1961年6月24日下午

今年成都的豌胡豆，全归入主粮，不能作为

蔬菜，故收获虽丰，却从未见过面。止自留地上种的，可作菜吃。但自留地上，犹未种这些东西，原因是买不到豆种。开仓发放豆种是今年的事。

李劼人（1891—1962），四川成都人，中国现代著名小说家、法国文学翻译家、实业家。代表作有长篇小说《死水微澜》《暴风雨前》和《大波》等，以四川为背景，描写了从甲午战争到辛亥革命前后20年广阔的社会画面。

李劼人在去世前两三年与故交朋友、家人、编辑等通信很多，后被辑录为《李劼人晚年书信集》，其时正值所谓"三年自然灾害期"，李劼人的这些信件保留了那个时代一位老作家对民生之关切。如这里所收这一封写给儿子和儿媳的信，除了谈自己创作进展外，其他都谈食物之事，在艰困的生活中依然有自得其乐的一种兴头。

梁漱溟致宽恕两儿

梁漱溟

宽恕两儿：

日前寄你们一信，内附南京田先生信，计应先此到达。宽一月廿九日来信，内附青岛广州两信阅悉。兹先答复宽前次及此次所提问题，然后再谈其他琐事。

宽前问我为何认他求学已上了道。不错的，我对你确已放了心，不再有什么担忧的。其所以使我如此者，自然是你给我很多印象都很好，非只一时一次，亦不可能一次一次来说。总括言之，不外两点：一、你确能关心到大众到社会，萌芽了为大众服务之愿力，而从不作个人出路之打算。这就是第一让我放心处。许多青年为个人出路发愁，一身私欲得不到满足，整天怨天尤人、骂世，这种人最无出路，最无办法。你本非度量豁达之人，而且心里常放不开，然而你却能把自己一个人出路问题放开了，仿佛不值得忧虑，而时时流露为大众服务心愿。只这一步放开，你的生命力便具一种开展气象，而活了，前途一切自然都有办法了。我还有什么不放心的呢。（你个人出路亦早在其中都有了，毫不成问题。）二、你确能反省到自身，回顾到自家短处偏处，而非两眼只向外张望之人，这就是让我更加放心处。许多青年最大短处便是心思不向内转，纵有才气，甚至才气纵横，亦白费，有什么毛病无法救，其前途亦难有成就。反之，若能向自家身心上理会，时时回头照顾，即有毛病易得纠正，最能自己寻路走，不必替他担忧了，而由其脚步稳妥，大小必有成就，可断言也。

培恕可惜在这两点上都差（他虽有热情，但一日十二时中其要求似是为他自己的要求多），我对

假如说兴趣是萌芽，那么，就要努力使它苗壮成长，辛勤呵护，才能逐渐发育成坚强的枝干，这根枝干就是志趣。

他便放不下心。更可惜他的才气你没有，若以恕之才而学得这两点长处，那便不可限量了。

宽此次问：学问与做事是否为两条路，及你应当走哪条路，好像有很大踌躇，实则不必。平常熊先生教青年，总令其于学问事功二者自择其一。择取之后，或再令细择某学某事，这自然亦很有道理，亦是一种教法。但我却不如此。假如你留心看《我的自学小史》，看《朝话》，应可觉察到此，我根本不从这里入手。

但我是经过想走事功一路那阶段的。此在《自学小史》内已叙及。因祖父痛心中国之积弱，认为文人所误，所以最看重能做事之人，极有颜李学派之意味，自小便教我们练习做事。因此，我曾一时期看轻学问，尤看轻文学哲学以为无用。其后经朋友矫正（见《自学小史》），破此陋见，乃一任自己生命所发之要求而行，全无学问或事功之见存。当出世之要求强，则趋于佛法，不知不觉转入哲学，固非有意于研究哲学也。当感受中国问题之刺激，而解决社会问题之要求强，则四方奔走（革命、乡村运动、抗战、团结），不知不觉涉足政治界，亦非有意于事功。及今闭户著书，只是四十年来思索体验，于中国旧日社会及今后出路，确有所见，若不写出，则死不瞑目，非有所谓学术贡献也。说老实话，我做学问的工具和热忱都缺乏，我尝自笑我的学问是误打误撞出来的，非有心求得之者。

你自无须循着我的路子走，但回头认取自己最真切的要求，而以它作出发点，则是应该的。这还是我春夏间写信给恕和你，说要发愿的话。愿即要求，要求即痛痒，痛痒只有自己知道。抓住一点（一个问题）而努力，求学在此处求，做事在此处做，就对了。因为现在任何一事没有不在学术研究之内的。做学问固当研究它，即做事亦要先研究它才行。举例来说，假如你最真切的要求是替大众解决生计问题，而又认合作社为最有效之路，那你即应先研究合作，而致力于合作运动。合作研究是学，合作运动是事，没有充分之学术研究，恐怕事情做不好，而在从事之中，亦可能于学理或技术有发明贡献。即事即学，即学即事，不必太分别它而固执一偏。又如你重视心理卫生这门学问，而发愿谋此学与中国古人学问之沟通，那自然是做学问了。而其实亦还是一种运动，尤其是要有一种实际功夫，从自己而推广到社会众人，亦未尝不是事功。我以为末后成就是在学问抑在事功，不必预作计较，而自己一生力气愿用在那处（那个题目上），却须认定才好。

以我看你，似是偏于做事一路，即如你来信不说"事功"，而说"从事实际，服务群众"，这就宜于做事之证。说事功，不免有"建功立业"之意，而有此意念在胸，倒未必能建功立业；倒是以"从事实际，服务群众"为心，可能有些功业说不定。总之，你为大众服务做事之心甚诚，随处可见，即此就宜于做事。但究竟做什么事还不知，俟你有所认定之后，当然要先从求此项学问入手，嗣则要一边做，一边研究，边学边做，边做边学，终身如此努力不已。至于成就在事抑在学，似可不管，即有无成就，亦可不管，昔人云"但问耕耘，不问收获"是也。

我在做事上说，至今无成就。乡村建设虽是我的心愿，能否及身见其端绪，不敢说也。你的路子似与民众教育乡村运动为近，假如我所未实现者，而成于你之手，则古人所谓"继志述事"，那真是再好没有了。——不过你可有你的志愿，我不以此责望于你也。

恕不忙去粤，试就道宗同住，在北大旁听半年，再说。

以二百万送四舅母为小晋学费，事属可行。但二舅零用送一些没有，或在二百万中分划一小部分亦可。

火药局四月收房，为期不远，本月内要给他送信、表示，或请何老伯以律师名义行之，或托郭会计师为之，总不可放松。

父手字

二月八日

梁漱溟（1893—1988），字寿铭。曾用笔名寿名、瘦民、漱溟，后以漱溟行世。现代著名思想家、哲学家、教育家，是新儒家早期代表人物之一，有"中国最后一位大儒"之称。他曾发起过乡村建设运动，一生著述颇丰，存有《中国文化要义》《东西文化及其哲学》《唯识述义》《读书与做人》等。

梁漱溟育有梁培宽、梁培恕两个儿子。此信写于1948年2月8日。国共和谈破裂后，梁漱溟即退出政治活动，在重庆北碚筹办勉仁文学院，其时宽、恕二子则远在北平。信中"忠璐"即培忠、培璐，为梁漱溟长兄之子女，当时也求学于北平。"熊先生"即熊十力先生。此信结合自己的人生经验，回答孩子学问与做事两途如何平衡之问。

陶行知写给儿子晓光的信

陶行知

晓光：

一月十五日来信收到。自太平洋战争爆发，南洋接济断绝，学校的经济基础，不得不动员一切朋友，另谋办法。故目下难于离开渝市，前途渐见光明。

新年的时候，乘着雾季，育才戏剧、绘画、音乐三组来渝见习，并举行画展、演出、演奏大会。画展是十一号开始的，十五日结束。画展时，另有一间专为育才之友字画展览。据各方的评论，成绩还不差。这次画展的主要目的，一方面让小朋友见见名人的字画，一方面以小朋友的作品请各界热心儿童创作的画家指教。画也卖了将近二千元，已够开销。

戏剧组在最短期中，排成五幕儿童剧《表》，已在中国电影制片厂抗建堂献演。这次演出由抗建堂主办，得到各方的帮助很多。已演了四场，明夜是最后一场。等到演完，盈余全捐助给育才儿童戏剧运动。为了希望对学校的经济有些帮，所以动员各方的朋友，努力推销荣誉券，已超过二万元。虽然不能达到所希望的最高目标，可是没有失败。

音乐组在音乐指导委员会指导之下，准备在本月卅一日夜及二月一日夜开演奏会，地点在广播大楼，也准备卖票。节目一部分是小朋友的，另一部分是几位先生的。

近来我在敌人炸弹下的破屋中，找到一所无人管理无人用的大屋，费了很多的查问，访到这屋的主人，并承屋主人的允许，以我方修理费作为五年的租金租用，真是值得。我们已搬进这新修的房子。戏剧组亦住在这里。方、程、俞等先生都在这里，为了三个组的事，都很忙碌。古圣寺的校舍，亦曾发生纠纷。地方上的一个土豪劣绅，借办中心小学名义，要占育才的校舍。这件事我们费了很多精力，结果才和平解决。

陶宏意在寒假后，到成都大学跟周厚福先生多学习一些。现在自然组全靠陶宏一人力量维持，假使他走，对学校对小孩子都是一个大损失，但不知小孩子的力量可能挽留住。

蜜桃这半年没有进学校，在家自修，预备寒假后报考。他一心想跳一级，我们不十分赞成。可是他的自信心很强。希望他这次成功。祝
健康！

衡

卅一、一、二十九（1942年1月19日）夜

陶行知（1891—1946），安徽歙县人，著名教育家、思想家，中国人民救国会和中国民主同盟的主要领导人之一，代表作有《中国教育改造》《古庙

敲钟录》《斋夫自由谈》等。

陶行知毕生致力于教育事业，创办了很多新式学校，他常在书信中向家人谈及办学的体会和经验。在这封写给长子陶晓光的信中，他就分享了在重庆建设育才中学的种种甘苦。落款的字是陶行知自创的笔名，取意为"知行合一"。

陈垣写给三子陈约的信

陈　垣

昨接汝信，想不复汝，心又不安，今早晨起，姑复汝一言。

一、我命汝写信尊辈，不可用草书，最好用行书。此语不知说过几多回，汝一概不理会，而且近一二次来信及信皮，有颓放之意。少年人不应如此。

一、我屡次信所说，如《圣教序》等等，汝从不答我，一若未见我信者。如此则我何必告汝，汝又何必来信耶？

一、此次来信说日本事，云读书非其时。然则我辈舍读书外，尚有何可做？风雨如晦，鸡鸣不已，正是吾人向学要诀。近日此间学生纷纷往南京请愿，此等举动有同儿戏，借端旷课游行，于国事何补寸分，可为痛哭者也。凡事初一二次尚不甚感觉，多则变了无聊。如所谓政府不答应则将全体饿死于国府之前，此何语耶？壮则壮矣，其如大言夸毗何？此日本人所旁观而大为冷笑者也。人之大患在大言不切实，今全国风气如此，又何望耶。

我今对汝不愿多言，望汝对我历次信所言、所问、所希望于汝者，有存在心之时，有答复我之时。不然，言者谆谆，听者藐藐，则不如其止矣。我写一信极不容易，有时执笔欲止者再乃写成之。注意注意，何谓颓放。

法律、音乐、书、画，汝近所好所学也，甚佳。救国之道甚多，在国民方面，最要者做成本身有用之材，此其先着。

我本来就是一读书之人，于国家无大用处。但各有各人的本分，人人能尽其本分，斯国可以不亡矣。难道真要人人当兵去打仗方是爱国耶？我对国事亦极悲愤，但此等事，非一朝一夕之故，积之甚久，今始爆发。在历史家观来，应该如此，又何怨耶。我不能饮酒，到不高兴时，报亦不愿看，仍唯读我书，读到头目昏花，则作为大醉躺卧而已。此可告祖母者，我近状之一也。至今仍未着棉袜，为廿年来所未有，因不用出街也。

一九三一年十二月六日

陈垣（1880—1971），字援庵，广东新会人。著名的历史学家、教育家，在宗教史、元史、校勘学等领域专研尤深，曾任辅仁大学、北京师范大学校长。著作有《元西域人华化考》《校勘学释例》《南宋初河北新道教考》等。

陈垣与长子陈乐素和三子陈约间往来信件很多，陈垣常在书信中指点孩子为人和为学之道，后人辑录有《励耘家书》。这里收录与幼子的书信一封，信中他不鼓励孩子参与请愿等社会运动，就历史立场而言自然保守，但对何谓读书人之本分的讨论依旧值得思考。

梁启超致梁思成、林徽因书

梁启超

思成、徽音：

我将近两个月没有写"孩子们"的信了，今最可以告慰你们的，是我的体子静养极有进步，半月前入协和灌血并检查，灌血后红血球竟增至四百二十万，和平常健康人一样了。你们远游中得此消息，一定高兴百倍。

思成和你们姊姊报告结婚情形的信，都收到了，一家的冢嗣成此大礼，老人欣悦情怀可想而知。尤其令我喜欢者，我以素来偏爱女孩之人，今又添了一位法律上的女儿，其可爱与我原有的女儿们相等，真是我全生涯中极愉快的一件事。

你们结婚后，我有两件新希望：头一件你们俩体子都不甚好，希望因生理变化作用，在将来健康上开一新纪元；第二件你们俩从前都有小孩子癖气，爱吵嘴，现在完全成人了，希望全变成大人样子，处处互相体贴，造成终身和睦安乐的基础。这两种希望，我想总能达到的。近来成绩如何，我盼望在没有和你们见面之前，先得着满意的报告。

你们游历路程计划如何？预定约某月可以到家？归途从海道抑从陆路？想已有报告在途。若还未报告，则得此信时，务必立刻回信详叙，若是西伯利亚路，尤其要早些通知我，当托人在满洲里招呼你们入国境。

你们回来的职业，正在向各方面筹划进行（虽然未知你们自己打何主意），一是东北大学教授（东北为势最顺，但你们去也有许多不方便处，若你能得清华，徽音能得燕京，那是最好不过了），一是清华学校教授，成否皆未可知，思永当别有详函报告。另外还有一件"非职业的职业"——上海有一位大藏画家庞莱臣，其家有唐（六朝）画十余轴，宋元画近千轴，明清名作不计其数，这位老先生六十多岁了，我想托人介绍你拜他门（已托叶葵初），当他几个月的义务书记，若办得到，倒是你学问前途一个大机会。你的意思如何？亦盼望到家以前先用信表示。

你们既已成学，组织新家庭，立刻须找职业，求自立，自是正办，但以现在时局之混乱，职业能否一定找着，也很是问题。我的意思，一面尽人事去找，找得着当然最好，找不着也不妨，暂时随缘安分，徐待机会。若专为生计独立之一目的，勉强去就那不合式或不乐意的职业，以致或贬损人格，或引起精神上苦痛，倒不值得。一般毕业青年中大多数立刻要靠自己的劳作去养老亲，或抚育弟妹，不管什么职业得就便就，那是无法的事。你们算是天幸，不在这种境遇之下，纵令一时得不着职业，便在家里跟着我再当一两年学生（在别人或正是求之不得的），也没什么要紧。所差者，以徽音现在的境遇，该迎养他的娘娘才是正办，若你们未得职业上独立，这一点很感困难。但现在觅业之难，恐非你们意想所及料，所以我一面随时替你们打算，一面愿意你们先有这种觉悟，纵令回国一时未能得相当职业，也不必失望沮丧。失望沮丧，是我们生命上最可怖之敌，我们须终身不许他侵入。

"中国宫室史"诚然是一件大事业，但据我看，一时很难成功，因为古建筑什九被破坏，其所有现存的，因兵乱影响，无从到内地实地调查，除了靠书本上资料外（书本上资料我有些可以供给你，尤其是从文字学上研究中国初民建筑，我有些少颇有趣的意见，可惜未能成片段，你将来或者用我所举的例继续研究得有更好的成绩），只有北京一地可以着手（幸而北京资料不少，用科学的眼光整理出来，也很够你费一两年工作）。所以我盼望你注意你的副产工作，即"中国美术史"。这项工作，我很可以指导你一部分，还可以设法令你看见许多历代名家作品。我所能指导你的，是将各派别提出个纲领，及将各大作家之性行及其时代背景详细告诉你，名家作品家里头虽然藏得很少（也有些佳品为别家所无），但现在故宫开放以及各私家所藏，我总可以设法令你得特别摩挲研究的机会，这便是你比别人便宜的地方。所以我盼望你在旅行中便做这项工作的预备。所谓预备者，其一是多读欧人美术史的名著，以备采用他们的体例，于这类书认为必要时，不妨多买几部；其二是在欧洲各博物馆、各画苑中见有所藏中国作品，特别注意记录。

回来时立刻得有职业固好，不然便用一两年工夫，在著述上造出将来自己的学术地位，也是大佳事。

你来信终是太少了，老人爱怜儿女，在养病中以得你们的信为最大乐事，你在旅行中尤盼将所历者随时告我（明信片也好），以当卧游，又极盼新得的女儿常有信给我。

四月廿六日　爹爹

清华教授事或有成功的希望，若成功（新校长已允力为设法），则你需要开学前到家，届时我或有电报催你回来。

廿八日又书

梁启超（1873—1929），字卓如，号任公，又号饮冰室主人。中国近代思想家、政治家、教育家、史学家、文学家。戊戌变法领袖之一，文学革新的推动者。代表作有《清代学术概论》《中国近三百年学术史》《少年中国说》《新民说》等，其著作合编为《饮冰室合集》。

家书是梁启超体量巨大的创作中所占比例有限但重要程度却不因此减色的组成，它们不但记录了从晚清到民国几十年梁启超作为参与者和见证者的风云变幻，具有极高文献价值，而且也让世人看到了一位温厚的父亲对子女的关爱和惦记。如这里所录这封1928年4月26日写给儿子和儿媳的信，急子女之所急，又宽慰他们，做他们直面生活的坚强后盾，对于梁思成的专业，亦有针对性的建议。

胡适写给儿子胡祖望的信

胡 适

祖望：

你这么小小年纪，就要离开家庭，你妈和我都很难过。但我们为你想，离开家庭是最好办法：第一使你操练独立的生活；第二使你操练合群的生活；第三使你自己感觉用功的必要。

自己能照应自己，服事自己，这是独立的生活。饮食要自己照管，冷暖要自己知道，最要紧的是做事要自己负责。你功课做得好，是你自己的光荣；你做错了事，学堂记你的过，惩罚你，是你自己的羞耻。做得好，是你自己负责任；做得不好，也是你自己负责任。这是你自己独立做人的第一天，你要凡事小心。

你现在要和几百人同学了，不能不想想怎么样才可以同别人合得来。人同人相处，这是合群的生活。你要做自己的事，但不可妨害别人的事；你要爱护自己，但不可妨害别人。能帮助别人，须要尽力帮助人，但不可帮助别人做坏事。如帮人作弊，帮人犯规则，都是帮人做坏事，千万不可做。

合群有一条基本原则，就是要时时替别人想想，时时要想想"假使我做了他，我应该怎样？""我受不了的，他受得了吗？我不愿意的，他愿意吗？"你能这样想，便是好孩子。

你不是笨人，功课应该做得好。但你要知道世上比你聪明的人多得很，你若不用功，成绩一定落后。功课及格，那算什么？在一班要赶上一班的最高一排，在一校要赶在一校的最高一排。功课要考最优等，品行要列最优等，做人要做最上等的人，这才是有志气的孩子。但志气要放在心里，要放在功夫里，千万不可放在嘴上，千万

一个人生在世界上，少年的时代要读书，成人的时代，要替社会做事情，总不能守着家庭不离开，守着家庭不离开的，便不是有志气的人，这个道理，你须明白。

不可摆在脸上。无论你的志气怎样高，对人切不可骄傲。无论成绩怎么好，待人总要谦虚和气。你越谦虚和气，人家越爱你敬你。你越骄傲，人家越恨你，越瞧不起你。

儿子，你不在家中，我们时时想念你，你自己要保重身体，你是徽州人，要记得"徽州朝奉，自己保重"。

你要记得下面的几件事：

1.不要买摊头上的食物，微生物可怕！

2.不要喝生冷水，微生物可怕！

3.不要贪凉，身体受了寒冷，如同水冰了不流，如同汽车上汽油冻住了汽车便开不动，许多病是这样来的。

4.有病赶快寻医生。头疼是发热的表示，赶快试验温度表（寒暑表），看看有无热度。

5.两脚走路觉得吃力时，赶快请医生验看，怕是脚气病，脚气病是学堂里常有的，最可怕，最危险。

6.学校饮食里的滋养料不够，故每日早起须吃麦精一匙。可试用麦精代替糖浆，涂在面包上吃吃看。

这几条都是很重要的，千万不要忘记。

你寄信给我们，也须编号数，用一本簿子记上，如下式：

家信　苏州第一号　0月00日寄

　　　　苏州第二号　0月00日寄

你收的家信，也记在簿上：

爸爸　苏州第一号　八月廿七日收

爸爸　苏州第二号　0月00日收

妈妈　苏州第三号　0月00日收

儿子，不要忘记我们，我们不会忘记你。努力做一个好孩子。

爸爸

十八年八月廿六夜

胡适（1891—1962），字适之，安徽绩溪人。现代著名思想家、文学家、哲学家。19岁考取庚子赔款官费生，留学美国。1917年夏回国，受聘为北京大学教授。胡适大力提倡白话文，是新文化运动的领袖之一，1946—1948年任北京大学校长，1949年去美国，1952年返台，1962年在台北病逝。著作有《尝试集》《中国哲学史大纲》《白话文学史》等。

胡祖望是胡适长子，1919年出生。1929年8月26日，胡适写下此信。其时，祖望只有十岁，准备去苏州读书，过独立生活。胡适在信中有对尚未成年儿子的细心交代，也有对孩子要独立担负起自己人生的瞩望。

柳亚子写给儿子柳无忌的信

柳亚子

无忌：

　　你礼拜六的信，我今天（礼拜二）早上才接到。你曾发过寒热，我很挂念。又说现在已经好了，我很喜欢，这几天健康吗？衣服饮食，须要处处留心，保护身体，是一件顶要紧的事，比什么都要紧，你须注意呀！

　　你说到校以后，天天思念家中，这很不必，家中各人都很好，很用不着挂念。一个人生在世界上，少年的时代要读书，成人的时代，要替社会做事情，总不能守着家庭不离开，守着家庭不离开的，便不是有志气的人，这个道理，你须明白。你又说功课的追迫，可以解释思念家中的念头，这却很好，我很希望你对于功课上边，多用一点心，而且讲究卫生，尤其要紧。千万不要把思念家中的念头，放在心上，这是我很喜欢的呀！你懂不懂呢！

我礼拜五、礼拜六两天，发了两张明信片，礼拜日、礼拜一两天发了两封信，你都收到了吗？你如没工夫写回信，并了几天写一封也可以。或者写得短些，或许写个明信片，都是很……

这几天天气又冷了，你穿的什么衣服？可把夹袄穿上，如嫌其不好看，外边穿一件长衫，就好了。倘然再冷，里面的小棉袄，也须穿上呀！

你没有日历和袖珍日记，很不便当，我已写信叫唐文圃买了，直接寄来。你等他寄来以后，日历每天扯一张，日记如能每日写最好（如每日上何课程，和写信之类，都可写在上面）。如果不高兴，每天把今天的日子，打上一个圈儿，也就可以清楚了。

八珍糕将近吃完了吗？如要饼干之类，望你

预先写信来。英文、地理，为什么学堂里不换新版的来教，我很不懂！景明今天有信来，他那里也买到了，也是新版的。我有信给他，叫他把买的那一部，送还吴茗余，不必和你调换，不晓得他懂不懂？如果他弄不清楚，仍旧把新的拿来，你可以当面对他讲，仍旧可以叫他把新的拿去。至于旧的一部（即借来的一部），你既经要用，千万不可还他，因为还了他就没有买处了。

同你去买书的广东人，姓甚名谁？是不是同房间的人，望你告诉我，你以后没有事情，望你不要出去为妙！

"黄帝擒蚩尤于涿鹿论"，做得好吗？已看出来吗？有两圈吗？望你告诉我！

五元将近用完了，不要紧，应用的时候，瞿先生处存的很多哩，校中捐钱，你捐五角很好，再多些也不妨事的。

世勋是镛公陪往上海来的，现在想已入校上课了，你那里有信来吗？中法学校四年毕业，是金先生告诉我的，毕业后进震旦几年级，却不晓得，因为他没有说过，他说的是毕业后进法大马路一个什么学会（学会的名字我忘记了），也是四年毕业，毕业了就可以赴法国留学，不晓得对不对。至于我前天信上所写的"中法九月中究招（是"招"字不是"指"字）新生与否"这句话，是根据你信上所说"伯伦也有信来，他说世勋欲九月中旬来申，与其同校。唯不知其校长能中途招添新生否"的几句话而来，你把自己的话忘记了，又把我的"招"字看作"指"字了，所以弄得不懂起来了，哈哈！

寿姨母的信，我看见了。你还写信去吗？她昨天也有信给你母亲，并且有照片寄来，是和韫玉一同拍的。

礼拜三英文、地理考过吗？考得好吗？

洋片也收到了，是什么人送给你的，这个人姓甚名谁，是什么地方人，望你告诉我。

《梦余赘笔》还在装订中，订好了当送一部给你。

你从前看过的历史，是木版的《纲鉴易知录》，我恐怕弄坏，不舍得寄来。现在寄上铅印的《通鉴辑览》一套，收到了望你告诉我一声。如嫌讨厌（因一套很多，所以怕你没有放处，嫌它讨厌），把不看的几本，放在网篮中间就是了。

礼拜二　5/10/9　亚子

柳亚子（1887—1958），江苏吴江人，革命家、诗人。南社发起人之一。著作有《磨剑室诗词集》《磨剑室文录》《柳亚子诗词选》等。

柳亚子勤于笔墨，所作书简众多，现经整理的家信有300余封，不少是写给儿子无忌和女儿无非、无垢的，其对子女的关爱之情，力透纸背。这里所录写于1920年10月5日，信中嘘寒问暖，巨细靡遗，足可见这位下笔如虹的诗人作为父亲缱绻细致的另一面。

与人民大众为伴

我亲爱的大儿子舒拉：

接到你的信很高兴。否则我真要怪你了，甚至想拍个电报来问问你。兴许你对我上次写给你的那封信（内附剪报）有点不快吧！原因是，你功课不错，我却责备了你一番。望你别生气，每个人是随着年龄的增长而变化的。像你这般年纪，在身体和道德上的变化往往只是几个月的事。况且我还知道，你在学习和对待同志的态度上，总之在待人方面，确实有了显著的进步。兴许我断言得过早了，是这样吗？苏维埃制度给作家和艺术家提供了十分优越的生活条件，你和米沙的童年，不论是过去或现在，在物质上都是挺舒适的：不需通过自己的劳动就可得到"满意"的东西——毛衣料、自行车、猎枪和高级点心。而这也就在无形之中，不适当地使你产生了某些在生活方面的优越感。要是人们——不论是大人或孩子——无所思考地过着这种特殊的、优越的生活，那他们将会逐渐忘记这一切都是人民的劳动的创造，从而逐渐忘记自己是人民的儿子和人民的勤务员。我殷切地盼望你要更多地和"普通"人民大众为伴，也就是同班上的"普通家庭"出身的同学，以及柯良、柯良的同学们多接触。你不应在疗养院休息（眼下你有病），你应利用暑假，约一些好友深入远方的集体农庄，像柯良及其同学们那样在加里宁省的居民中进行文化宣传。也可以去莫斯科或其他偏僻地区的工厂参观参观。一言以蔽之，应该更多地深入到苏维埃生活的基层中去，到千百万工人、庄员和知识分子的生活中去，了解和熟悉他们的劳动，把自己看作他们中间的一员。

我们，也就是我和你妈妈，对你们是关心不够的。以往没有督促你，而今也没有要米沙养成体力劳动的习惯。记得当我还是一个孩子的时候，我的妈妈，也就是你那现在多病的奶奶尼娜，她就要求我和我的姐姐丹娘、我的哥哥伏洛加做各种家务和农活：我们自己缝上掉落的纽扣、洗刷食具、补衣服、擦地板、铺垫被褥。此外，我们还收庄稼、捆庄稼、在菜园子里锄草、管理蔬菜。我有一套钳工用具，特别是我哥哥伏洛加，他爱开动脑筋，总设法要亲手制作一些东西。我们自己锯木头、劈柴和生炉子。我从小就学会了套马和骑马。这一切，不仅增强了体质，且能使人养成遵守纪律的习惯，正是这些劳动，哪怕是最细小的劳动，对我、我姐姐丹娘、我哥哥伏洛加的成年生活——不论在战场上、家庭生活中、待人接物方面，以及在工厂和农村起模范作用时——都发生了巨大的影响。你奶奶尼娜，那时她不像目前那样衰老。由于她工作忙，不可能过多地照顾我们。她只是指点指点，主要是我们自觉地热爱这些劳动。而今天，我们却不曾教育你和米沙。如果你能热爱体力劳动，并以此教育自己，我该有多么高兴呀！我知道你自己不会钉纽扣、补衬衣上的窟窿，兴许连针都拿不像样的。又如，你未必会剪除果树上的丫杈（根本不知道丫杈）。我还难以相信，你在拆卸了自行车的全部零件后，会不会重新装配起来？大概是安德烈·费多谢耶维奇帮你的忙吧！但当你在拆卸擦洗猎枪、饲养鸽子及弹无虚发地进行射击时，我看出你是一个多么机灵的小伙子呀！你的手指头活动得多么精确和巧妙呀！为此，使我深感遗憾的是：你的这种机灵和才干的发挥的范围委实太狭窄了。

我家藏书甚多，其中有不少好书，杂志和报纸均可由你支配。你早就应该阅读一些卓越的俄罗斯和世界古典名著、科学政治书及各种各样的杂志了。莫斯科有那么多的博物馆和画廊，你可曾到过特列季亚科夫美术博物馆、革命博物馆、列宁纪念馆、生物馆和工业馆等？我写了这些"训导"你的话并不是向你泼冷水。你有权按自己的意志去休息！养精蓄锐，无忧无虑地过你的生活！但不管如何，晚上在你盖被就寝之前，要思量一下我说的这番话。也不是一天、两天思量就够了，而是要经常想想，付诸行动。否则，一旦你踏上工作岗位，你的生活将是十分单调的。

紧紧地吻你。向柯良、伏洛加及所有你的朋友致意！

爸爸

1963年7月19日

［杨郁　译］

法捷耶夫（1901—1956），苏联著名作家、无产阶级文学的主要倡导者和理论家，代表作有《逆流》《毁灭》《最后一个乌兑格人》《黑色冶金业》《青年近卫军》等。

这封信写于1953年，曾发表于苏联《年青一代》杂志1959年第23期，他在信中鼓励儿子要投入广阔的生活，要知晓劳动的意义，要加强自我的审美修养，对今天的我们依然有教育意义。

一碟萝卜也可能成为杰作

〔美〕舍伍德·安德森

亲爱的约翰：

有件事我昨天信里应该提的。是关于绘画的事。

不要因为一幅画是现代的、最新的就跟它学。

常去卢浮宫转转，多花些时间研习伦勃朗和德拉克洛瓦的作品。

学习素描。要让你的手法熟练到成为潜意识的一部分，让你绘画时达到"心手合一"，无须经过大脑思考。

接下来，你就可以思考摆在你眼前的事物了。要画那些对你来说有意义的事物。一个苹果，它意味着什么呢？被画的物体本身并不那么重要，重要的是你对它的感受以及它对你的意义。

一碟萝卜也可能成为杰作。

画，画几百张素描。努力保持谦虚的精神，自命不凡就完了。艺术的目的不是为要画能卖钱的画，而是要不落俗套。

我一生有一点清楚的地方，是由我对文字的敏感而来。写文批评我的那些傻瓜，以为我在一天早晨忽然想要写文章，立刻产生杰作。写作和绘画都没有什么秘诀。我连续不断地写了15年，才写成一篇略有内容的东西。

如今又有多少天、多少星期、多少月我写不出东西。今年冬天你在巴黎看见我，我那时正肠枯思竭。你一生总会经过这种阶段。当然，要紧的是，自强不息。大多数人的一生都是醉生梦死。要做一位艺术家，就要有生气。

你那天信里提出的事就是了，我对你说"不要做不可以告诉我的事"。

我错了。

你不能依靠我。不要画不可以画在白纸上或画布上的画，你要采用能代替上帝的材料。

关于颜色，你要小心。尽量到大自然里去找。别到颜料店去找——别人的调色板——而在各种光线下看房屋的侧面。学习观察小东西——一个红苹果放在灰色的布上。

注意树木——山衬托的树——万物。我知道的很少。依我看，若我要研究颜色，我一定永远要将它分开。我眼前是一畦犁好的田，再往下是一片草原，草原上刚腐坏的玉米根形成黄色的线条，残根点点，有时像看墨水瓶里面一般，有时近乎蓝色。

构图的道理也是一样的。你望着它——想想那个颜色是怎样造成的。我曾在远处望一片空地，再走过那片空地——想知道我先前看见的颜色是怎样变成的。光线使颜色千变万化。

你不会一下子登峰造极，成功是吃尽辛苦得来的。

我写信给你，当你是成人。好了，你知道我一心只有你。

我所期望的不是你的成功。我希望你对于人，对于工作，都抱着正确的态度。单是这一点也许就可以使你成为大丈夫了。

再者：告诉丘吉，大卫·柏拉尔终于得到了塞尚的印画。

也告诉你买毕加索画集的那家店里的人一声——若是你刚去过，写张条子告诉他——我是指那家店。

1927年寄自维基尼州格兰镇梨杏农庄

舍伍德·安德森（1876—1941），美国小说家。1916年，他以故乡俄亥俄州为背景，写了一系列小说，在杂志上陆续刊载，后结集出版，取名《小城畸人》，震动文坛，也奠定了他的声誉。还有小说集《马与人》《鸡蛋的胜利及其他》。

安德森热爱写作，曾一度放弃自己一手创办的公司并离家出走，只为摆脱"作为物质存在的自我"。1927年，安德森带家人去欧洲。之后，儿子约翰便留在巴黎学习绘画。在安德森看来，儿子约翰所追求的绘画事业与其从事的写作同属艺术范畴。因此，舍伍德·安德森在给儿子的信中就事业的抉择、人生修养以及艺术的修炼等方面提出忠告。

弗洛伊德写给大儿子
马丁·弗洛伊德的信

〔奥〕西格蒙德·弗洛伊德

亲爱的马丁：

收到你6日的来信我便立即回复了，很高兴你又与我们有了联系。我理解，你是想来。但是我希望，在没有被征召之前，也许真的就不召，那你就不要去当兵。就像要承担被分派的任务一样，人们也就可以享受被赠予的东西，在发生战争情况下，就是生存的机会。不要担心我们会在这个可怕的时代被残酷地波及。你一定可以找到工作的，也许会在法院。叔叔的工作是停滞了，但他还是过得对社会很有用处，这是我们要向他学习的。

你对经济危机的预测是有些道理的。问题是这场危机会持续多久，我们能否挺过来。

因为没有经历过这样的贫困，所以也没有感受到过如此狼狈和不幸。我们在此前已经破产了，在这个时代开始前就这样了。再无胜利的希望，人们不得不承认，我们的军队真是开了个好头。

我趁这个机会也把家里的经济状况告诉你，因为你已经成年并且自立了，告诉你这些对你来说也是意义重大的。7月12日，在今年的工作结束的时候，我记下了我们家财产的最高值。我估算有15万克朗，其中3.5万克朗存在银行里，其余的是养老金和最值钱的有价证券，这些东西还说不好它会值多少钱，如果战争胜利了，可能会收回全部的价值。除此之外，还有一份10万克朗的人身保险，是用你妈妈的名字保的，每年要交三四千克朗的保费。

由于已经停工两个半月了，这个夏天使全年的收入减少了1.5万克朗，但是我上一年的年收入在9万至10万克朗之间。尽一切所能享受现在和养育你们，对我来说是责无旁贷的。当然现在情况不一样了。从诊所亏损到10月1日，我都没有权利这样说了，因为我们现在已经很紧张了，这个夏天花销也少了很多。可以支配的钱还够我们花多半年的。要卖掉的证券也成为废纸了。一切都取决于我的诊所还能不能再开业，什么时候开业。也许想这些还太早。悲观地看，人们会说，在第一次世界大战之后或者在战争期间，一家国际诊所都是不可能存在的。我的俄国、荷兰和德国的病人不会再来了。在维也纳我肯定干不下去了，现在维也纳自身都难保呢。但就像说过的，人们也什么都不清楚呢，美国也不排除会出手相助，或者我还有这样疯狂的想法，这回让我的事业达到顶峰，让我足够强大去对抗现实。保持原来的水平已经谈不上了。你要保守好我告诉你的这些私密信息，不要让兄弟姐妹知道。

奥利弗自己报了技术专业，还要等着有用武之地。我给恩斯特写过信了，让他不忙的话就回家。跟安内尔完全断了联系，我已经试着通过荷兰打探消息。马克斯8月22日应征入伍。

衷心问候。

你的父亲

1914年8月8日

[刘颖　译]

147

西格蒙德·弗洛伊德（1856—1939），奥地利精神病医师、心理学家、精神分析学派创始人。1873年入维也纳大学医学院学习，1881年获医学博士学位。1882—1885年在维也纳综合医院担任医师，从事脑解剖和病理学研究。后私人开业治疗精神病。1895年正式提出精神分析的概念。1899年出版《梦的解析》。

弗洛伊德给孩子们的信件很多，无论是前线从军的儿子、远嫁异国的女儿还是移居海外的孩子，他都有书信往来。这里收录的信件是1914年弗洛伊德写给长子马丁的。"一战"期间，马丁由于负伤不能服役，所以一开始没有应征入伍，但他却有强烈的参军意愿。弗洛伊德并不同意，但还是尊重孩子的选择。弗洛伊德是犹太人，像很多犹太家庭一样，他很注意培养长子的理财意识，在这封信中，他便把家里的经济状况和盘托出，让孩子知道自立的一个标志是正确地对待财产。

高尔基写给儿子的信

〔苏〕马克西姆·高尔基

一

你走了，可是你栽种的鲜花却留了下来，在生长着。我望着它们，心里愉快地想到，我的儿子虽已离去，但却在卡普里岛留下了某种美好的东西——鲜花。

如果你在任何时候，任何地方，你一生中留给人们的都是些美好的东西——鲜花、思想，以及对你的非常美好的回忆——那你的生活将会轻松而愉快。那时你就会感到所有的人都需要你,这种感觉将使你成为一个心灵丰富的人。

你要知道,你要文静一点,亲爱的,对妈妈要多关心,行吗?

(不早于1907年1月26日由卡普里寄往阿尔雅西奥)

二

你别为我的健康担心,虽然我是在苟延生命,可我是在做自己的工作。当你长大成人,自己开始建设新生活的时候,你就会明白,我没有白活在世上——这也就是我希望你的。

你也想当作家?这是好事情,我在你这样的年纪,也是第一次感觉到这种写作瘾。还极其认真地开始消耗起纸来,为此,外祖父经常抽我——抽得相当厉害——可是回忆我的往事,却使我感到愉快。

最主要的,我亲爱的人,你要努力增长学识,所有的东西只要可能——音乐、绘画、科学,所有能美化生活的东西，都应该知道。一个人知道得越多——我重复一次——他对人们来说就会越有意义、越珍贵。遗憾的是我订购了一些有趣的书，可是你好久都没有收到。

（1907年11月底由罗马寄往日内瓦）

三

你的信写得不坏——详细而又清晰。只是你关于老师们的意见并不很明智，不过这算不了什么！我相信，当你再长大些，你就会用另一种口吻来较好地谈论别人。

你知道，为什么有些人令人生厌呢？因为有人触犯激怒了他们，真的，只能是这个原因，如果每天人们都嘲笑你，那么你自己再过一个月就会变得像狼一样凶狠，这不对吗？

如果你希望你周围的人都心地善良——那你就要学着关切、和蔼，有礼貌地对待他们——你就会看见，大家都会变好。生活中的一切都取决于你自己，请相信我的话。

我在为你搜集这些稀有画的图片，不久你就会有一大笔可观的欧洲所有博物馆的画片。

学习吧，朋友，这在开始时是有点枯燥和困难，可是以后——你就会离不开它，你就会很好地、容易而愉快地知道，人们过去、现在都是怎样生活的，以及他们多么想生活。

（1907年12月23日前由罗马寄往日内瓦）

马克西姆·高尔基（1868—1936），苏联伟大的作家、诗人、评论家、学者，代表作有散文诗《海燕》、自传体三部曲《童年》《在人间》《我的大学》。

高尔基1905年加入了俄国社会民主工党。1906年，他受列宁的委托，秘密去美国进行革命活动，后辗转定居意大利卡普里岛。1913年，他从意大利回国从事无产阶级文化组织工作。这里收录的给儿子马克西姆·彼什科夫的信件写于他旅居意大利这段时期，这些信每封都很简短，但笔简意深，点到为止的话里余味深长。

丘吉尔写给儿子的信

〔英〕温斯顿·S.丘吉尔

我亲爱的孩子：

你在来信中说要在几周时间内养成某种习惯。你的用心是好的，但却急了点。须知培养一个好习惯急于求成是不行的。培养好习惯就像犁地，是个慢功夫。好习惯必须由内部形成。好习惯一旦形成，还会产生其他好习惯。激情让人开始行动，动机让人的行为不偏离轨道，而好习惯则让人的行为自然而然地产生。

人的许多能力，如在灾难面前表现出勇气，在诱惑面前具有一定的自制力，在受伤害的时候保持乐观，在绝望的时候显示个性，在遇到困难的时候看到机会等等，不是偶然出现的，而是心理和生理方面经过持续不断的训练的结果。在灾难面前不管人们所表现出来的行为是好的还是不好的，都只能是训练的结果。如果在小事上人们经常表现出懦弱、不诚实这样的特性，就不能指望人们以积极的态度处理重大的事情，因为人们没有经过这个方面的训练。

如果一个人让自己说了一次谎，那么说第二次、第三次会非常容易，最后便会成为一种习惯。

人的大多数行为都属于习惯行为，无须考虑就自动产生。性格是人的一切习惯的总和。如果一个人有各种各样的好习惯，那么人们就会认为他有良好的性格；如果他有很多坏习惯，人们就会说他性格不好。习惯往往比逻辑推理有力得多。不过，习惯在最初时是很不起眼的，往往感觉不到，但久而久之变得很顽固，想改都改不掉。错误会成为习惯，决定也能形成习惯。

记得小的时候，你的祖父母对我说："你应该

如果你在任何时候，任何地方，你一生中留给人们的都是些美好的东西——鲜花、思想，以及对你的非常美好的回忆——那你的生活将会轻松而愉快。

养成好习惯，因为好习惯会构成人的性格。"

任何事情反反复复地做就会变成习惯，人的许多行为习惯都是在做中养成的。例如通过勇敢地做事，就能学会勇敢；通过诚实、正直地做人，就能学会诚实和正直。通过实践，人们培养起许多好品质。同样，如果一个人经常表现出不诚实、不公正等不良行为，或有了这样的行为又没有受到惩罚，这个人就会渐渐习惯于这些行为。态度是人的行为模式，也属于习惯的范畴。态度会成为一种心理状态，从而控制人的行为。

一切习惯在刚刚形成的时候都是很不起眼的，但最终往往会变得难以打破。态度属于习惯，是可以改变的，问题是要用新的良好习惯去破除和取代旧的不良习惯。

防止坏习惯的形成比克服那些已形成的坏习惯容易。要形成好习惯就要战胜诱惑。快乐和不快乐都是一种习惯。

优秀品质的形成是有意识地付出一次又一次的努力的结果，它需要经过大量的实践直到变成一种习惯。

由于每个人都有一些不良的习惯，所以人们常常表现出这样或那样的缺点。那么，就自己去一个不被打扰的地方，用十五分钟的时间列一张自己的不良习惯的一览表。

我们都知道，下决心很容易，忘掉也很容易。而形成一种好习惯则不然。如果不是经过一番努力，则是一件很困难的事。所以，不要祈求在几周或几个月的时间里就能养成一种好习惯。好习惯的养成是一个不断重复的行为过程，只有不断地继续下去，才能养成。

就谈到这里吧。祝你健康！

永远挚爱你的父亲

温斯顿·S.丘吉尔（1874—1965），英国政治家、历史学家、演说家。1940年—1945年和1951年—1955年两度出任英国首相，被认为是20世纪最重要的政治领袖之一。获1953年诺贝尔文学奖，被美国杂志《人物》列为近百年来世界最有说服力的演说家之一。

在政坛上以铁腕著称的丘吉尔，在生活中却是一个慈祥而且不幸的父亲，他的几个孩子的生活都很坎坷，女儿婚姻遇人不淑，儿子伦道夫一度沉湎酒色，丑闻不断，让他心痛又无奈。在这封信里，丘吉尔以他的思辨论说习惯的养成这样一个老话题，谈习惯的训练对人生的意义。

罗斯福写给儿子的信

〔美〕西奥多·罗斯福

亲爱的特德：

这将是一封很长的事务信。我现在把"西点"和"安纳波利斯"的试卷寄给你。关于此事，我已考虑良久，并与你母亲进行了细致的讨论。一方面，我应该给你我最好的建议；另一方面，我不想让你违背自己的意愿而强迫接受我的建议。倘若你自己已决定加入所憧憬的海军或陆军，认为那是你喜欢的职业——远远超过你对其他职业的兴趣——

并且，是最能让你幸福、最能体现你的人生价值的职业，那么，在这种情况下，我就没什么可说的了。但是，我不清楚你是不是这样想的。你给我的印象是：你似乎对其他职业不感兴趣，对自己的人生职业选择犹豫不决，对自己能否成功也没有把握，所以，你就想加入海军或陆军。因为这样，你就可以有个稳定的工作，确定人生道路，并希望能得到稳定的发展，不冒失败的风险。如果你是这样想的，那么，我就引用马汉上校被问及为什么不把自己的儿子送到"西点"或"安纳波利斯"时所讲的话。他说："因为我非常信任儿子，认为他没必要非要进入海军或陆军不可。"

是的，我非常信任你。我认为你有能力——最重要的是，你有朝气、有毅力、有判断力——过好平民生活。毫无疑问，你会遇到困难和挫折，但这是普通百姓都会面临的命运。尽管你将来与我的工作性质不同，但你的工作不会比我更辛苦，也不会遭受比我更大的挫折。我相信你的能力，尤其是你的品质。我坚信，你会成功。

对在陆军和海军服役的人来说，要想展示自己的才华，进步得比同伴快些，这种机会非常难得。

当我进军圣地亚哥时，我看到陆军中很多像我这个年纪以及比我大的人思想僵化、没有志向和进取心，简直是一群废物，我为他们感到悲哀。在过去几年里，海军里的人有些进步，但是，南北战争结束二十年来，在海军服役的人进行实战和扬名的机会比陆军少得多。我认识的陆军和海军里的好多尉官都当上了爷爷呢，当他们的孩子结婚时，自己还没晋升到校官呢。当然了，如果是"西点"或"安纳波利斯"出来的人，就有机会在陆军或海军随时参加重要战斗，因此，晋升的机会也就多些。出于这种考虑，我认为，在那两所军事院校受过训练的人即使离开陆军或海军，也比留在那里没有受过这种训练的人更有机会得到提拔。当然，一个人如果像我在美西战争中那样表现英勇，尽管没有上过"西点"，也常会有被提拔的机会。

最后一个可能是，你先到"西点"或"安纳波利斯"学习，毕业后在陆军或海军服役四年（我认为是四年）后退役。如果这样，你就能受到良好的教育，并养成铁的纪律。我认为，在某些方面，军校比普通院校更能锻炼人。但军校不同的是，除了工程学外，你在那里得不到其他专业培训，只训练你令行禁止，严守纪律，这必然使你缺乏独立性；在军校，虽然没什么诱惑，但培养你战胜诱惑的品质和开创精神的机会也就少了。如果你打算17岁进军校学习，那么，在你25岁离开陆军或海军时，没有任何法律或专业技术院校的学习经历，你开始你的终生职业就不得不比你今天不进军校的同学晚上三四年，因为他们大学毕业后能马上开始自己的终生职业。当然，你四年军校毕业后，可以在部队学习诸如法律之类的课程，但我个人的感觉是，一个人只有当他专心于自己所喜爱的终生职业时，才能取得杰出的成就。还有，陆军或海军总有军官空缺的时候，这样，你就能不退役，想走也走不成。

我希望你认真考虑以上这些建议。如果你把到陆军或海军服役作为你职业生涯的开端，可后来发现事与愿违，自己事先没有认真权衡利弊就稀里糊涂地进来了，那对你来说将是巨大的不幸。

你进不进军校，取决于你是不是从内心把从军作为自己的终生职业。如果是，就进军校；如果不是，就不要进军校。

今天，罗布先生告诉我说，他在17岁的时候很想加入陆军，但没有成功；他的竞争者成功参军，并参加了一次作战，但他现在也不过是个上尉而已，罗布先生远远超过了他。罗布先生说，他当时之所以要加入陆军，是因为他那时很迷惑，不知选择什么职业，对自己人生的成败没有把握，认为军队比较保险，会给他"生机和职业"。那么，如果你心里也是这么想的，我就建议你不要进军校。我会鼓励别的小伙子进军校，但我不建议你去。我非常信任你，对你也充满信心。

1904年1月21日于白宫

[刘植荣　译]

西奥多·罗斯福（1858—1919），人称老罗斯福，美国军事家、政治家、外交家，第26任美国总统。曾任美国海军部副部长，参与美西战争。1900年当选副总统，1901年总统威廉·麦金莱被刺身亡后，他继任成为美国总统，时年42岁，是美国历史上最年轻的在任总统。

老罗斯福很看重对子女的教育，担任总统冗务缠身的间隙仍给子女写了很多信件，分享自己白宫岁月的方方面面，并真诚地给孩子一些人生建议。在这封信中，针对执意要进入军校的次子，他给出了自己的意见，希望孩子在做出事关人生走向的决策时要有对自身更审慎的认知。

亨利希·马克思致卡尔·马克思的信

〔德〕亨利希·马克思

亲爱的卡尔：

　　要是我不那么宽容，要是我老爱生气，特别是生自己的爱子的气，那我就完全有理由不给你回信。过分地埋怨不休本身是不值得嘉许的，至少对一个没有多大错误的父亲这样做是不值得嘉许的。

　　如果你想一想，直到我写给你的最后一封信为止，除你的第一封信以外，我再也没有收到过你的任何一封来信，即使从我在这里发出的第二封信算起，这段时间也是够长的了；再则，我已干预了一件本身并不使我特别感到愉快的事——干预是出于对一位真正应当受到最大尊敬的人（指燕妮·冯·威斯特华伦，马克思的未婚妻。——编者注）的责任感——那么你就会明白，你这种令人无法解释的沉默，会使我感到多么伤心。纵然我用了一些听起来可能是生硬的言辞，我也并不是为了给自己的话增添特殊意义，但我抱屈是不无道理的。不过，我可以向你保证，我并没有说人家坏话的癖好。

我若是对你这颗善良的心没有这样高的评价，我就根本不会这样惦记你。对你的迷误彷徨也就不会感到那样难过。因为你知道，不管我把你的智力估计得有多高，要是没有一颗善良的心，你的智力对我说来就失去任何意义。你自己也承认，你早就使我有理由来怀疑你的自制力。考虑到这一切，你就应该少抱怨一些你的爸爸。

总之，现在正是你应该避免紧张的时候，紧张对你的身心都有害。我有权要求你在这方面体贴一点你慈祥的母亲和我的健康。我们并没有想入非非，而是替你的健康担心。

我重说一遍，你已经承担了一项重大的义务。

纵使这也许会伤害你的自尊心，亲爱的卡尔，我还是要有点令人厌烦地按自己的方式把我的意见告诉你：你用诗人所特有的那种在爱情上的夸张和狂热的感情，是不能使你所献身的那个人得到平静的，相反，你倒有破坏她的平静的危险。只有用模范的品行，用能使你赢得人们好感和同情的大丈夫式的坚定的努力，才能使情况好转，才能使她得到安慰，才能提高她在别人和自己心目中的地位。

我已和燕妮谈过话，因为我多么希望她完全得到平静。我能做到的我全都做了，但是光讲道理是不行的。她还不知道她的父母对此持何种态度。亲属和外界的议论并不是无关紧要的。我害怕你那种并不总是有道理的、好埋怨人的态度，所以还是让你自己去估量目前的状况。如果我有足够的力量，能够通过有力的干预多方保护和安慰这个高尚的人的话，那我做出任何牺牲都在所不惜。但不幸的是，我在各个方面都无能为力。

她为你做出了难以估量的牺牲——她表现出的自制力，只有用冷静的理智才能衡量。如果在你的一生中什么时候忘了这点，那就太可悲了！但是，目前只有你自己才能有效地干预了。你应当证明，你虽然年轻，但是一个值得社会尊敬、很快就会使世人折服的堂堂男子；是一个保证始终如一、保证将来认真努力并能迫使指责你过去错误的那些贫嘴薄舌再也不能吱声的人。

对此应该怎样做为好，只有你自己才完全清楚。

借此机会，我要问你一下：你是否知道，多大年龄才能获得教职？知道这一点非常重要，因为我想，在你的计划中应列入尽快获得教职（哪怕是最低级的教职）和用自己的作品来逐渐获得声望的内容。

诗歌应当是第一个杠杆，不言而喻，在这方面诗人是有资格的。可是，创作引人入胜的那类诗歌，毋宁说是有智慧的、社会上知名的人的事。在通常情况下，这可能是对年轻人的过高要求。但是，凡是承担起这一崇高职责的人，应当是始终不渝的，而且对美好而崇高的职责的履行将使智慧和政治在诗人自己的心目中也变得崇高起来。

你务必要——你虽秉性善良，但缺乏自制——保持平静，要抑制住这些激动情绪，同样不要使那个应该得到安静而且也需要安静的人内心激动。你妈妈、我、索菲娅（马克思的姐姐索菲娅·马克思——编者注）（一个善良而很有自制力的姑娘）在情况许可的范围内都在关照你，而幸福也必将为奖励你的努力对你报以微笑，为此付出辛劳是值得的。

你的法律观点不是没有道理的，但如果把这些观点建立成体系，它们却可能引起一场风暴，而你还不知道，学术风暴是何等剧烈。如果在这件事情上那些易受指摘的论点不能全部取消，那么至少在形式上也应当弄得比较缓和、令人中意一些。

关于莫伊林的情况，你信上一点儿也没有提到，也没有说，你是否去过艾希霍恩先生那里。

我目前不想写信给耶尼根先生，因为没有必要那么紧迫，你可以再等一等机会。

要是你写给我的信很厚，而且用通常的邮寄法，那邮费会相当贵。前一封信就花了一个塔勒。包裹寄快件也是贵的——上次寄的包裹也花了一个塔勒。

今后如果你想多写，那就各种各样的事情都写吧，好让我们多知道一些形形色色的事。以后可把写的东西打成邮包，随行李马车运走。你总不会因这些有关节约的小意见而见怪吧。

但愿你已经收到了我们寄给你的酒。愿你借此振奋精神，把一切多此一举的事、一切悲观失望的情绪统统抛到九霄云外去，要是诗歌不能使生活变得美丽、变得幸福，那也把它抛掉。

[母亲的附笔]

亲爱的卡尔：

你亲爱的父亲急于要把这封信发出，所以我除衷心地问候你、亲吻你之外，就不再说别的了。

疼爱你的母亲

罕丽达·马克思

[父亲的续信]

附寄五十塔勒支票一张。如果你认为要我在那里为你找家商行的话，那么你应告诉我，我每月大致应当给你多少钱。现在你总该知道这样或那样要花多少钱了。

[姐姐索菲娅的附笔]

亲爱的卡尔，你上次的信使我流下了痛苦的

眼泪；你怎么能以为我迟迟不告诉你有关你的燕妮的情况呢！？我也是一心一意在关怀和思念着你们的。燕妮是爱你的。如果说年龄上的差别使她不安的话，那也只是因为她父母的缘故。她现在正竭力使她的父母在思想上逐渐有所准备。以后你自己也可以给他们直接写信，他们对你还是很看重的。燕妮经常来看望我们，昨天她还到过我们这里。她收到你的诗后，掉下了悲喜交加的眼泪。父母和兄弟姐妹们都很喜欢她，兄弟姐妹们更是无限喜欢她。晚上不到十点钟大家决不放她走，你看这该怎么说呢？

再见，亲爱的卡尔，衷心祝愿你梦寐以求的愿望得以实现。

马克思

1836年12月28日于特利尔

亨利希·马克思（1777—1838），是伟大的思想家卡尔·马克思的父亲，他是一名律师，同时也是崇拜卢梭等启蒙思想家的稳健的自由主义者。

　　亨利希·马克思非常关心孩子的成长，他曾经希望卡尔·马克思能像他一样投身法学。在马克思青少年阶段的求学时期，父子两人通信很多。本封信写于1836年底。其时，18岁的马克思在柏林大学读书，已经和大他四岁的燕妮订下终身，他给燕妮写了很多诗歌，结集有《爱之书》《歌之书》等。信中亨利希·马克思诚恳地告诫儿子诗人的狂热性情对平静温馨的家庭氛围来说未必适用，也有对这对冲破世俗禁忌的情侣的关爱和祝福。

切斯特菲尔德伯爵写给儿子的信

〔英〕菲利浦·切斯特菲尔德

亲爱的孩子：

惹人喜欢要有必要的条件，但这又是一门不易学到的艺术，而且很难将其归纳成规则。你自己的良知与观察力将比我教授给你的还要多。"你想让别人怎样对待你，你就怎样去对待别人"，这是我所知的取信于人的最可靠的办法。细心留意别人怎样做让你愉快，那么很可能你做同样的事也会使别人愉悦。如果别人对你的性情、兴趣甚至弱点甚为关心，让你满心喜欢，请相信，你对人施以同样的热情和关照，也一定会使他们欢心。与人结伴来往时，需因循其中的氛围，勿矫揉造作，发现同伴的幽默之处时，就开怀一乐甚至调笑一番，这是每个人对群体应具备的态度。在人前不要说瞎话，没有比这更让人讨厌和不悦的事了。如果你恰好有一则很简短又相当切题的故事，可以用最简洁明了的语言叙述一番。即便如此，也要表示出你并不擅长讲述，而仅是因为它实在太简短才使你情不自禁地这样做。

在交谈中，首先就要摈弃以自我为中心的癖好，决不试图让别人对自己的私事或者自己关注的事产生兴趣。尽管这些事情对你来说兴味盎然，但对于别人却味同嚼蜡，不得要领。再者，个人的私事也不可能永远隐秘。无论你自以为有什么好处，切忌在人前自爱自怜地展示，也不要像许多人那样，挖空心思地引导谈话，以伺机自我表现一番。如果你确有长处，必会被人发现，不必自己点出，何况这样做最好。当与人有是非之争时，决不要激动地大喊大叫，即使你自以为正确或者知道自己是对的，也要善加控制，冷静地说出自己的意见，这是说服人的唯一方法。但如果这样仍不奏效，就试着变个话题，高高兴兴地说："我俩谁也说服不了谁，而且也不是非得说服对方不可，我们讨论别的吧。"

要记住，与人交往时要尊重习俗礼仪。在这一群人中恰如其分的话语，对另一群人而言却未必适宜。

于某些场合适宜的幽默、妙语，甚至小小的出格行为，换个地方会显得平淡自然，或令人苦恼。说一个词儿或者打个手势，在某群人中即暗示着某种性格、习惯和隐语，而一旦离开那种特定的氛围，就会毫无意义。人们常常在这一点上犯过失。他们喜欢把在某群人、某种环境中的得意言行随便搬到别的地方使用，而此时却风趣尽失，或不合时宜，或张冠李戴而唐突无聊。

是的，他们常用这样笨拙的开场白："告诉你一件很棒的事！"或者"我要告诉你世上最绝妙的……"希望这些话能勾起对方的期待，但结果是彻底的绝望，使说这些话的人看起来像个十足的傻子。

如果你获得别人的好感和情感，无论是男人还

在友情的最初阶段，最重要的莫过于练习一种叫作保留的美德与优雅。不要急着交朋友。友情是慢慢生长的，而不是人为制造的。

是女人，要特别留意去发现他们可能具备的长处，以及他们明显的不足之处。人人都会有缺陷，但要公正而善意地对待别人的这一点或那一点不足。人们还会有许多过人之处，或者至少具有可以称作优异的地方。尽管人们喜欢听到对其自知的优点的赞美，但他们最感兴趣的乃是对自己渴望具备但不自信的长处的赞许，尽管他们也怀疑自己是否真是那样。比如说，黎塞留无疑是当时或许也是有史以来最能干的政治家，但他同时也爱慕虚荣，总想被认为是个最伟大的诗人。他嫉妒大作家高乃依的名声，于是命人写一篇批评《熙德》的文章。所以，那些善于拍马的人很少在他面前提及他处理政务的能力，或者仅仅一带而过。发生这样的事也许是非常自然的。但他们对他的奉承——他们知道这样做会让他做出对他们有利的决定——就是称他为才子和诗人。为什么这样？因为他对一种优点十分自信，但是对另外一种则有所怀疑。

观察一个人在谈话中最爱涉及的话题，你会很容易发现他的虚荣心表现在哪里，因为每个人对于自己最杰出的地方谈论得也最多。只要你提到他的那个地方，那么你就触及他的敏感点。已故的罗伯特·沃波尔爵士（他无疑非常能干）不爱听别人奉承他的才智，因为他丝毫不怀疑自己在这一方面的长处。但他的主要弱点在于他希望别人认为他具有礼貌和勇敢的骑士风范——在这一点上他无疑比任何活着的人都不如。这是他最喜爱和最经常谈论的话题。那些善于观察的人都知道这是他的主要弱点，因此他们成功地利用了他的这一弱点。

通常来说，女性所关心的只有一个话题，那就是她们的美貌。在这个方面，不论什么奉承的话对她们来说都不为过。自然几乎从来没有造出过这样一个女性，丑得连别人对她外表的奉承都无动于衷。如果她的脸非常难看，那么她自己肯定在某种程度上能意识到。于是她便相信她的身材和气质在某种程度上可以弥补这一缺陷。如果她的身材很糟糕，那么她认为她的长相会将它抵消。如果身材和长相都一般，她会认为自己有某种魅力、某种风度聊以自慰。我不知道还有什么比美貌更具吸引力了。世界上最丑的女人身上十分考究、精心制作的衣服最充分地说明了这一点。在所有女性当中，那个意识到自己的美貌、对此十分自信、认为无人可比的女性对别人奉承她的美貌是最不敏感的，因为她知道这是她应该享受的。因而她对别人的奉承毫不感激。你应该奉承她具有很好的思维能力。尽管她可能对自己这方面的能力毫不怀疑，但她怀疑男人们可能会不相信。

请不要误解，不要以为我是想让你去学那种卑躬屈膝、厚颜无耻的阿谀奉承——不是这样的。决不可以吹捧别人的恶习或罪行，相反，对这些要深恶痛绝和尽力阻止。但世上的每个人都会因想讨好别人而迁就他的弱点，他们都有着虽然可笑却无害的虚荣。如果一个男人想让自己显得更聪明，一个女人想让自己看上去更漂亮，他们的错误想法令他们自己觉得欣慰，而对其他人来说也没有害处，我宁可宽容他们的这一错误与他们交朋友，而不愿想方设法地揭穿真相而与他们为敌——这样做是毫无意义的。

同样，从小处着手关注他人会给人留下无限的温馨，同时这一明智的做法也能增强别人的自尊和自负的心理。这些与人的天性是密不可分的。这样做无疑证实了我们是尊重和关心别人的。比如，观察我们所要争取的人在细小方面的习惯、他们的喜好、他们所反感的东西以及他们的兴趣，然后注意投其所好，避免让他们不快。以某种优雅的方式让他们知道你注意到他们喜欢这样的碟子或者这样的房间，正因为他们喜欢所以你这样安排了。或者相反，你注意到他们讨厌这种碟子，不喜欢这种类型的人等等，你已经注意加以避免了。这种对琐事的关注比那些大事更能满足别人自负的心理，因为这样做让别人觉得他们几乎是你所考虑和关心的唯一对象。

这些人生的秘诀对于刚刚踏入这个社会的你来说是非常必要的。我多希望我能在你这个年纪时就能很好地知道这些啊，可是我付出了53年的代价才了解到这些秘诀。如果你想收获这些经验的果实，我是绝对不会吝惜的。

再见。

旧历1747年10月16日，伦敦

［卢忱 译］

菲利浦·切斯特菲尔德（1694—1773），英国政治家、外交家，曾就读于剑桥大学，做过议会上下两院的议员、驻荷兰大使、爱尔兰总督、国务大臣等，1726年继承爵位。

在切斯特菲尔德去世后的1774年，他的《给儿子的信——成为一名真正的男士和绅士的艺术》出版，其中收录了他写给自己的私生子菲利浦·斯坦霍普的一系列书信，这些信从1737年写起，一直到1768年他的儿子去世。在信中，他就地理、历史、古典文学，以及政治和外交等侃侃而谈，也有很多对社会的洞察和给孩子的必要建议。尽管切斯特菲尔德伯爵在他那个时代堪称富有造诣的散文家，但他今天的声誉几乎完全来自《给儿子的信》。

怎样成为一名思考者和绅士

〔美〕查尔斯·富兰克林·施文

亲爱的孩子：

很高兴你主动想要进入大学深造。或许即便你不希望继续深造，我也会送你读大学，不过也不一定。有时候，家长出于自己的意愿送孩子进大学，而孩子读完大学后，大学的一切往往如水过无痕罢了。但我相信，等你度过大学生涯，大学里的很多东西都会留驻在你生命中。

你将会在大学里找到一千零一种有意义的事

情。我想你可以一件一件都去体验，但是我的建议是不要这样做。你应该有自己的选择系统，即使在大学新生期间亦是如此。大学生们的问题不在于无从知晓如何从坏中挑出好的来，而在于太多大学生不知道如何从好的里面找出更好的，以及从更好的里面找出最好的。我认识几千名大学生，他们中的大多数似乎不懂去区别，即便有的懂得，却往往无法将它运用在生活中。

如果在你踏入大学校园的时候，由我来告诉你获得学士学位之前最应该牢记的一些事情，你应该不会觉得我是在把一些观念强加给你吧，是吧？

一

我想说给你听的第一件事情是，我希望你步出大学校园的时候，成为一名思考者。然而，如何让自己成为思考者，却是颇难做，又难讲。思考是一种实践艺术。它不能被教会，只能通过实践来习得。不过在我看来，在这习得过程中，还是有一些课目较为适合促进你学会这门艺术。让我来尽力向你指出这些课目的标志或特征。我认为，这些课目包括要求思维专注的课目，以及这样的课目：各元素非常清晰，同时又全面而复杂，各部分的编排连贯，部分与部分紧密联系在一起，代表了连续性，以及不同元素或部分会产生出深远的结果。专注、清晰、综合、复杂、连贯和连续——这是思考者的六个大C，是创造思考者的那些课目的标记。

将这些标记一一运用到课程表中各式各样的课目上，是一项艰苦卓绝的工作。请为了自己，将它们运用起来。不同的课目对学生来说有不同的价值，然而思想王国的每一枚钱币都有各自的价值。

数学和理论物理最为突出地代表了我所指出的六大特征中的大部分。数学要求专注，在某种意义上，数学是心灵在给自己以某些抽象真理。什么是X的二次方？不过是心灵的一种形式而已。数学要求思考的清晰，以及表述的清晰。若缺乏清晰性，数学将毫无价值。数学还代表综合性，它的真理是复杂的。部分与部分相互关联。它是连贯的，部分与部分之间环环相扣。它也是连续的，代表了步步为营的进步。

然而要记住的是，数学的推理迥异于我们通

常使用的大多数推理。数学推理是必然推理，而大部分推理不是必然推理。二加二等于四，人们对于这个真理不会有异议。但是经济学中的推理比如保护性关税，哲学中的推理比如天赋观念的存在与否，历史中的推理等都不是绝对的。我甚至猜想，以数学和物理学著称的剑桥大学正是极其有助于培养伟大人物。牛津向来被称为伟大运动之母，此言不虚。卫斯理运动、书册运动以及汤因比馆中所反映的社会运动都发源自牛津大学。而剑桥大学则被叫作伟大人物之母。剑桥对于数学和科学的强调以及她所培养的伟大人物之间，是否有些许的因果关联呢？

逻辑这门学科具有我指出的六个特征。它对这六个特征的要求方式几乎和数学一模一样。在某种意义上，逻辑可以被叫作运用数学或具身化的数学。要成为思考者，就必须是逻辑的精通者。

语言占据了现代大学教育的一半课程，在旧式大学课程中它所占比例更大。语言的学习对于思考者的养成具有什么促进作用吗？学习语言并不特别需要专注，不过它要求并创造综合性以及清晰性。语言学习是一个复杂的过程，要求分析能力。时代精神一直在语言中发生作用，演变成各种形式。语言的发展是秩序与无秩序的奇特结合。语言的各个部分在很多情况下是密切关联的。希腊语的动词是最为高度发展的语言产物。它建立在孩童积木房般的精准与平衡之上，然而又具有希腊神庙那样井然的秩序。每一个字母都代表了不同的意义。前增、前缀和词尾都有各自的意思。我曾经问过一位中国驻美外交官教会他思考的老师是谁，他的回答言简意赅：希腊语。

在培养思考者的过程中，历史和社会科学在复杂关系方面具有主要的价值。选择孕育伟大历史影响的时代来研习。比如，希波战争之后希腊文明的繁盛。这一巨大进步的原因何在？比如，考察美国内战前三十年的政治和社会情况。内战爆发是由哪些因素引起的？再或者，选取经济事件——支持和反对某项保护性关税的理由是什么？这一关税的局限性在哪里？这些情况要求对于复杂事物的综合知识。掌握了这些之后，便变成了一位思考者，一位细致入微的思考者。他可以将一系列事实以及相互之间的关系纳入思考中。

这些不同课程对塑造思考者而言，其价值差异在于，最要求艰苦思考的课程是最具塑造力的。简单的课程，或者轻易通过的课程，对于思考者的造就基本上毫无帮助。我们要成为名副其实的思考者，就努力思考。难度系数高的课程和方法必然能让我们如愿以偿。

然而只要求思考的课程，则有时在产出上是相当贫瘠的。人们喜欢在思考过程中有内容或有具体之物。抽象思考有时像与大地无关的脱线气球。如果不希望气球盲目飘荡，那它必须与大地紧密相连。车子里若有乘客，日本的人力车夫才跑得更快更稳。子弹要飞膛而出，必须要有重量。因此，一门功课如果内容丰富，则有助于磨快思考之刃。

不过，思考者并不是仅由他所学习的功课所能单独造就。传道授业解惑的师长，以及师长的教学方法和激励作用也不可小觑。单调的课程学习很容易沦为毫无乐趣的过程。每一门功课都需要一位师长为那些资质普通的学生打开缤纷之门。每一位毕业生踏上社会后都记得起那些"点石成金"的师长。他们怀着不褪色的感激，不会消逝的深情，将尊敬的师长永留心间。

二

　　我想告诉你的第二件事情是，我希望你成为一名绅士。我写下这个给你，确实有些荒谬，因为你当然是一位绅士，当然会成为一名绅士。绅士的养成和思考者的养成一样，个人天资关系很大。事实上，在绅士的养成过程中，个人天资更具重要性。因为在这个领域，相比于真理的寻求，人格的挺立是第一位的。在绅士身上，思想上的利他主义和对他人的感悟力占据了一大部分。绅士必须去看、去理解他所接触的人。如果他在这方面驽钝，那么其行为导致不快的概率，不会比带来愉悦的概率小。

　　为了打开心灵的窗户，为了培养思想上的良知良能，伟大文学作品的学习就必须被置于崇高的位置。文学是人性之眼。人文科学即人性。文学是存在方式，存在方式即人类自身。绅士是一个产物，遵循的是"种瓜得瓜，种豆得豆"原则。绅士是由绅士创造的。某些大学塑造某种类型的绅士而因此闻名。通过观察或者分析，很容易发现，以其教师对学生的高尚情操而闻名遐迩的大学，其校友必然拥有同样的高尚人格。

　　如果你是一名绅士，你会成为他人的朋友，也善于结交朋友。在友情的最初阶段，最重要的莫过于练习一种叫作保留的美德与优雅。不要急着交朋友。友情是慢慢生长的，而不是人为制造的。这一生长就像榆树和橡树，而非垂柳。这一点是关于友情我想告诉你的全部要点。如果想和你交朋友的那个人恰好也是你想与之发展亲密友情者，那么友好地接受他。如果你不想与之发展亲密友情的人向你抛出橄榄枝，那么敬而远之。不要盲目地只是为了呼朋唤友而交朋友。这样的一种伙伴关系，其实是一种社会性的伪朋友关系，只是谎言罢了。

[贾辰阳　译]

　　查尔斯·富兰克林·施文（1853—1937），与美国现代教育之父杜威同时代的大教育家，曾就读于哈佛大学，后任西储大学校长三十年。一生著作等身，尤其是各种教育类的作品，有着广泛的影响力。

　　1912年，施文出版了《给即将上大学的儿子的信》，一年后，又出版了《给即将上大学的女儿的信》。这两封长信虽然都是家信，但作为教育家的施文却谈出了普遍性的深度，对于那些即将踏入大学校门的学生来说，他所言及的——无论是大到思想观念，还是小到做笔记的习惯——都有切实的指导之效。本书节选了给儿子的长信的一部分。

出版说明

　　本系列图书编选过程中，得到了许多师友的帮助与支持，在此一并致谢。虽经多方努力，仍有部分版权所有人未能于出版前取得联系，我们将委托中国版权中心代存、代转稿酬和样书，也恳请相关版权所有人知悉后与我们取得联系，及时奉上稿酬和样书为盼。

山东画报出版社文学编辑室

2018年9月27日